GOLDMANN

W0084003

GISBERT HAEFS

Das Triumvirat und andere kriminalistische Geschichten

Kriminalgeschichten

GOLDMANN VERLAG

Der Goldmann Verlag
ist ein Unternehmen der Verlagsgruppe Bertelsmann

Made in Germany · 10/90 · 2. Auflage
© 1987 by Wilhelm Goldmann Verlag, München
Umschlaggestaltung: Design Team München
Umschlagillustration: Design Team München
Satz: Fotosatz Glücker, Würzburg
Druck: Elsnerdruck, Berlin
Krimi: 5035
GE · Herstellung: Gisela Ernst/Voi
ISBN 3-442-05035-9

Inhalt

Das Triumvirat

1

An diesem Dienstagabend war es noch ein wenig ruhiger als an anderen; von der Kegelbahn drang gedämpfter Lärm in den Schankraum. Trotz des schönen Sommerwetters hielten sich nur fünf Personen in der angenehm kühlen Kneipe auf. Eine von ihnen, der gräßliche Kater, lag auf einem Tisch in Tresennähe, sortierte den Schnurrbart und führte mürrische Selbstgespräche. Er genoß Personenrang, denn er war wichtigster Faktor im Seelenleben des Wirts, weit vor dessen Frau, die eher als Köchin fungierte.

Der Wirt gehörte im Augenblick zum unbeweglichen Gut des Lokals. Wie eine durch Geschlechtsumwandlung hoffnungslos verfettete Karyatide lehnte er am Gläserschrank, die Hände auf der Wachstuchschürze gefaltet. Sie kleidete ihn vorteilhaft, denn da er sie mit Wucht festzuzurren pflegte, verschaffte sie ihm eine Art Taille. Die mächtigen Arme, ähnlich denen von Popeye, verschwanden in einem spinatfarbenen Polohemd, und seine Augen, unentschieden zwischen Basedow und Basilisk, starrten in die des Eberkopfes, der zwischen Zinngefäßen auf einem hohen Bord angebracht war und alles unter Kontrolle hatte.

Die drei übrigen Personen saßen an einem Tisch in der Nähe des Eingangs. Sie hatten gegessen und getrunken. Der stämmige, mittelgroße Mann mit fortgeschrittener Glatze schob eben seinen Teller von sich, zu den Spielkarten, die mitten auf dem Tisch lagen.

»Erster«, sagte er. Er rülpste leise und wischte sich einen Saucetropfen aus der Kerbe seines wuchtigen Kinns. Dann zerknüllte er die Papierserviette, warf sie auf den halbgeleerten Salatteller und lehnte sich auf seinem Stuhl zurück. »So, ah, jetzt geht's mir besser.« Er wandte den Kopf und hob die rechte Hand, als sei diese tonnenschwer. »Herr Wirt, noch drei Bierchen!«

Der Wirt zuckte zusammen, nickte und watschelte zu den Zapfhähnen.

»Sie haben aber auch geschlungen, *mon général*!« Der Zweite schob seinen Teller ebenfalls von sich und leckte sich die Lippen. Er hatte graue Haare, sehr helle Augen und ein langes Pferdegesicht. Im Moment blickte er wie ein alter Hengst, der sein tägliches Gnadenbrot verinnerlicht hat und schwankt, ob er so satt und munter sein will, wie er sich fühlt, oder wieder die dem Alter geziemende gepflegte Melancholie überstreifen sollte.

»Der Hunger, wissen Sie«, sagte der mittelgroße Mann. Dann hob er eine Braue. »Aber was wissen Sie schon, Hochwürden?! Ihr Anliegen ist ja die Seele.«

Der Pfarrer beugte sich vor. »Interessant, das von Ihnen zu hören, Oberst. Bisher haben Sie doch die Existenz einer Seele immer geleugnet.« Er lehnte sich wieder zurück und lächelte knapp; dabei steckte er die Hände jeweils in den anderen Ärmel seines Gewands, wodurch die Soutane das Aussehen einer Zwangsjacke erhielt. Sie war es auch; Pfarrer Bargmann trug sie ungern. Normalerweise hüllte er sich in Zivil; an den Skatabenden jedoch machte es ihm Vergnügen, den pensionierten Offizier zu provozieren. Der Oberst i. R. Albrecht war gläubiger Atheist.

»Seit ich nicht mehr im Dienst bin«, sagte Albrecht, »habe ich mehr Zeit, in mich hineinzuhorchen.«

»Und? Haben Sie da drin irgendwas?«

Albrecht grinste. »Nein.«

Der kleine halslose Mann, dessen grauer Kugelkopf unmittelbar auf dem in einem grauen Anzug steckenden Kugelrumpf saß, hatte nun ebenfalls sein Mahl beendet. Er blickte vorwurfsvoll zwischen seinen beiden Tischgenossen hin und her. Die Tränensäcke unter den Augen verliehen seinem Blick etwas zutiefst Tragödisches. »Wollen Sie sich jetzt den ganzen Abend so unterhalten? Ich denke doch, wir sind zum Skatspielen hier.«

Der Pfarrer nickte. »Schon recht, Doktor. Wo sind die Karten?«

Der Wirt verließ das Bollwerk seines Tresens und watschelte zu den drei alten Herren, um die Teller abzuräumen. Seufzend und klappernd machte er sich auf den Weg zur Küche; dabei wechselte er mit dem räudigen Kater einen tiefen Blick.

Der Arzt deutete auf den Kartenstapel. »Da. Pfui, Bargmann. Sie haben mit dem Ketchup gekleckert. Sehen Sie sich mal den Pikbuben an.«

Der Pfarrer gab die Ärmelverschränkung auf und faßte mit spitzen Fingern nach der Karte. »Tja, sieht aus wie Blut. Ich bin zerknirscht, mein Lieber. Walten Sie Ihres Amtes, Herr Doktor – verbinden Sie den Pikbuben!« Er ließ das verschmierte Objekt seiner Rede in den Schoß des Arztes fallen.

Der Oberst hüstelte. »*À propos* Blut – hat einer von Ihnen diesen blödsinnigen Krimi am Sonntag gesehen?«

Dr. Korff blickte von Karte, Taschentuch und Ketchup auf. »Nein. Wieso?«

»Ziemlicher Schwachsinn. Zuerst bringt einer einen anderen aus Mitleid um, und dann begeht er Selbstmord aus Begeisterung.«

Der Pfarrer langte nach seiner unmäßigen Nase. »Unter dem Himmel«, gab er zu bedenken, »und im psychologischen Roman ist kein Ding unmöglich.«

Der Arzt legte die gereinigte Karte zurück auf den Stapel.

»Ein bißchen wirr, oder?« sagte er. »Mord aus Mitleid kann ich ja noch verstehen; aber Selbstmord aus Begeisterung?«

Albrecht hob die Achseln. »Natürlich wirr, das Ganze. Aber Mord ist ja offenbar wichtig und weit verbreitet, sonst wäre das Fernsehen nicht dauernd voll davon.«

Der Pfarrer stimmte einen leisen Singsang an. »Es treibt eine Leiche im Fernsehkanal . . . Wie war das jetzt mit Skat?«

»Moment, ich wollte noch auf etwas anderes hinaus. Sehen Sie mal: Krimis zufolge bringt dauernd jemand irgendwen um, mit allen unmöglichen Motiven . . .«

Bargmann nickte. »Eine knappe und präzise Darstellung der Weltgeschichte . . .«

». . . und da habe ich mich, spaßeshalber, gefragt, ob ich wohl auch jemanden umbringen könnte – ob ich ein gutes Motiv hätte, ein Loch ins Universum zu machen.«

Der Arzt lächelte mitleidig. »Nette Idee, Oberst. Und? Haben Sie jemanden gefunden?«

Albrecht kaute auf seiner Unterlippe. »Ijaaaa . . .«

Bargmann blies die Wangen auf. »Hoffentlich kein Katholik. Wenigstens nicht aus meiner Pfarre; ich mag nicht schon wieder beerdigen.«

Der Oberst warf ihm einen schmähenden Blick zu. »Pssst. Korff, vergessen Sie mal, daß Sie Arzt sind; und Sie, Bargmann, benehmen sich mal einen Moment lang nicht wie ein papistischer Schamane.«

Der Arzt seufzte. »Aha.«

Bargmann fletschte die Zähne. »Und wozu das?«

»Für ein kleines Experiment.«

»Was für ein Experiment, *centurio*?«

»Stellen Sie sich vor, Sie wollten oder sollten jemanden umbringen. Möglichst einen, den wir alle kennen. Oder eine, die wir alle kennen . . . Na?«

Der Arzt kicherte. »Ich schätze, Sie schließen die offensichtlichen Zielscheiben von der Regierung aus, oder? Sie meinen, jemanden, den wir persönlich kennen?«

Der Pfarrer runzelte die Stirn. »Als Diener des Herrn weise ich das natürlich empört zurück. Als Privatperson, ahemm, habe ich einen Kandidaten.«

Korff ergriff den Kugelschreiber, der zum Anschreiben der Skatpunkte bereit lag; er malte einen Äskulapstab mit Schlange auf seinen Bierdeckel. Ohne aufzublicken sagte er: »Ich auch. Ungern, wie ich zugeben will.«

Sie schwiegen ein Weilchen, denn der Wirt brachte drei sorgsam gezapfte Pils, murmelte etwas über das Wohl seiner Gäste, malte Striche auf die Bierdeckel, nahm die leeren Gläser und schlurfte zum Tresen zurück.

»Ausgezeichnet«, sagte der Oberst halblaut. »Meine Herren, bleiben wir diskret. Nennen wir keine Namen – jedenfalls, äh, nicht laut. Wer ist es? Und: warum?«

Korff verzog das Gesicht. »Ach, fangen Sie doch an!«

»Wenn Sie meinen . . . Also, mein Kandidat ist unser lieber Apotheker, Hermann Wilsing.«

Bargmann und Korff schienen überrascht; sie warfen einander hastige Blicke zu.

Korff atmete tief. »Also, ich muß schon sagen . . . So ein Zufall. Den habe ich auch.«

Der Pfarrer schnipste mit der Rechten imaginäre Stäubchen von seinem linken Ärmel. »Äh, offenbar haben wir alle drei den gleichen potentiellen Leichnam im Sinn. Sehr seltsam.«

Albrecht strahlte. »Sehr befriedigendes Experiment.«

Der Arzt schüttelte den Kopf. »Wieso eigentlich Experiment?«

»Schauen Sie, das ist ganz einfach. Im Fernsehen werden die irrsinnigsten Motive ausgetüftelt, und hier sitzen wir drei; jeder von uns hat vermutlich ein gutes Motiv, den Apotheker umzubringen, und trotzdem tut es keiner. Ich komme also zu dem Schluß: Wenn schon jemand, gegen den es mit Recht gute Mordgründe gibt, nicht umgebracht wird, dann ist alles, was uns in Büchern und auf der Mattscheibe an abenteuerlichen Motiven vorgesetzt wird, erst recht Unsinn.«

Korff seufzte. »Das kann schon sein. Aber was für ein Motiv haben Sie denn, Oberst? Und Sie, Bargmann?«

Der Pfarrer legte seinen langen Mittelfinger auf den Tisch und betrachtete ihn wie ein seltsames Kriechtier. »Hm. Ich weiß nicht, ob ich das erzählen kann ... Es fällt nicht unters Beichtgeheimnis, aber ...«

»Wir sind diskret. Nicht wahr, Korff?«

»Selbstverständlich, Oberst. Bargmann, von uns wird keiner ein Wort erfahren.«

Bargmann hob den Finger auf, drehte ihn, betrachtete ihn gründlich von allen Seiten und steckte ihn dann mit seinen neun Geschwistern wieder in die Ärmel seines geistlichen Gewandes. »Ach, mein Motiv ... blödsinniges Wort; jetzt rede ich schon so, als ob ich ihn wirklich umbringen wollte. Ich habe was gegen Herrn Wilsing, das gebe ich gern zu. Sie wissen, daß ich viel mit Jugendlichen zu tun habe, und die jugendlichen Drogenprobleme machen nicht vor der Kirchentür halt. Na gut. Vor einigen Jahren ist ein sehr starkes Beruhigungsmittel vom Markt genommen worden, weil es süchtig macht. Bei Gewöhnung ist der Effekt ähnlich wie bei Morphium oder so. Ich weiß, und, bitte sehr, ich weiß es genau, daß Wilsing damals seine Restbestände, und die waren beträchtlich, nicht vernichtet oder zurückgegeben hat. Ich weiß nicht, wie er das gemacht hat; schließlich werden ja wohl auch Apotheken irgendwann mal kontrolliert. Jedenfalls muß er kurz vor dem Verbot dieses Mittels große Mengen davon nachbestellt haben, und anschließend hat er sie gewinnbringend schwarz verkauft. Er hat mindestens drei Jungens, die ich gekannt habe, auf dem Gewissen ... Aber natürlich kann ich nichts urkundlich beweisen.«

Der Arzt sah ihn sehr erstaunt an. »Puh. Wilsing als Dealer? Das ... das finde ich sehr, tja, aufregend.«

Der Oberst schnaubte. »Mies, ja. Aber wieso denn aufregend?«

»Weil mein Grund, ihn nicht zu mögen, praktisch das Gegenteil ist. Keine Abgabe von Drogen, sondern die Nichtabgabe eines Medikaments.«

Der Pfarrer lächelte maliziös. »Der Apotheker Wilsing scheint ein in seiner Unersprießlichkeit vielseitiges Kerlchen zu sein.«

Albrecht blickte ihn scheel an. »Nun halten Sie doch bitte mal die Klappe, Eminenz. Korff, was ist das für eine wilde Geschichte?«

»Eine arg unerfreuliche. Wilsing hat sich geweigert, einem Kunden ein Mittel zu geben, das ich aufgeschrieben hatte. Es handelte sich um ein starkes Notmedikament für akute *angina pectoris*. Das Rezept war – hm tja, es war verfallen, aber erstens nur vier Tage, und zweitens kannte Wilsing den Fall und wußte, daß der alte Herr, um den es ging, wirklich gefährdet war. Wissen Sie, wir Ärzte haben ja immer von derlei Sachen eine Notration in der Tasche, aber an dem Tag hatte ich schon zwei Patienten mit *angina pectoris* zu Hause besucht, und ich hatte nichts mehr. Als ich beim zweiten Patienten war, auf dem Land – und da muß man mich gesehen haben –, riefen die Angehörigen dieses alten Mannes von einem Hof an – er hätte wieder Schmerzen in der Brust. Das war so eine undurchsichtige Sommer-Wetterlage. Und weil die Leute näher an der Stadt waren als ich in diesem Moment, habe ich den Sohn des alten Herren gebeten, schnell mit dem Rezept, das er noch von mir hatte, zur Apotheke zu fahren. Es war Mittwoch, und Wilsing hatte Notdienst. Und er hat, nach dem Buchstaben des Gesetzes korrekt, das Rezept wegen Überschreitung des Datums nicht angenommen. Obwohl er mich und den Fall kannte. Dann ging ein telefonischer Hickhack los, und schließlich hat er das Medikament doch rausgerückt, aber genau die zehn Minuten zu spät, die der alte Mann brauchte, um zu sterben. Deshalb« – er zögerte und suchte offenbar nach einem Wort, schüttelte dann aber resignierend den Kopf – »deshalb kann ich Wilsing nicht leiden.«

Der Pfarrer blickte ihn ungewohnt freundlich an. »Ich glaube, Ihr Motiv ist besser als meins, Doktor. Sie haben den ersten Schuß.«

»Danke. Übrigens, abgesehen davon – er ist einfach ein mieses Stück, der Apotheker. – Na, Oberst, was für ein Motiv haben Sie denn?«

»Meins ist ähnlich wie das von Ihnen, Bargmann. Rauschgifthandel. Anno dreiundvierzig, an der Ostfront, war Wilsing Apotheker beim Divisionsstab. Er hat Medikamente unter der Hand verscherbelt – an die Bevölkerung, aber auch an einige höhere Offiziere.« Er zog die Mundwinkel nach unten. »In der Nähe lag eine SS-Einheit, und die hatten ein paar hochrangige Morphinisten. War ja auch alles nicht weiter schlimm, weil das kleine Lazarett relativ weit hinter der Front lag. Da kam der Nachschub noch so regelmäßig, daß Wilsing seine Geschäfte zeitlich genau abstimmen konnte. Bloß einmal ist kein Nachschub gekommen, weil die Maschine von Partisanen abgeschossen wurde. Und Wilsing hat ohne Betäubungsmittel dagesessen. Ich habe mit einer kleinen Verletzung auf der Station gelegen, deshalb weiß ich das so genau.« Er seufzte, betrachtete seine Hände und machte ein betont ausdrucksloses Gesicht. »Dann ist ein junger Offizier eingeliefert worden, mit einer gräßlichen Bauchwunde. Er hatte keine Chance. Normalerweise hätte er Opium oder Morphium bekommen und wäre sanft eingeschlafen. Aber der Herr Divisionsapotheker Wilsing hatte alles Morphium verscherbelt, und der Offizier hat vierundzwanzig Stunden lang geschrien, bis er endlich gestorben ist. Ich habe es die ganze Zeit gehört.«

Korff preßte die Lippen zusammen, bis sie nur noch ein schmaler Strich in seinem Mondgesicht waren. »Entsetzlich. Entsetzlich.«

»Und Sie wissen, daß es Wilsing war?« Bargmann musterte den Obersten scheinbar gleichgültig.

»Ja. Ich konnte nur zuerst nichts tun. Machen Sie mal als kleiner Fähnrich was, wenn der Herr Apotheker von SS-Offizieren gedeckt wird. Und dann ist vor uns die Front zusammengebrochen. Dabei ist eine ganze Reihe Personal und Patienten umgekommen, angeblich auch Wilsing – russische Artillerie. Tja, und als ich ihn neunzehnhunderteinundsiebzig hier wiedergesehen habe, war natürlich alles längst verjährt. – Übrigens: Der junge Offizier, der damals auf diese Weise verreckt ist, war mein älterer Bruder. Das ist mein Motiv.« Er nippte an seinem Pils.

Bargmann, der ihn genau beobachtete, sah, daß die Hände kaum merklich zitterten.

»O Gott«, murmelte Korff.

»Lassen Sie den aus dem Spiel«, sagte der Pfarrer. Er räusperte sich. »Ich teile Ihre Betroffenheit und respektiere Ihr Motiv, lieber Freund. Trotzdem, und Sie werden mir das sicher nicht übelnehmen, sollten wir uns jetzt nicht in Sentimentalitäten verlieren, sonst kommen wir nicht mehr zum Skatspielen. Und Skatspielen lenkt bekanntlich gut ab.«

Der Oberst nickte und lächelte matt. »Natürlich. Außerdem, wissen Sie, es tut nach all der Zeit nicht mehr so weh.«

Korff streckte die Hände nach den Karten aus, ließ diese aber unberührt liegen. »Trotzdem erstaunlich«, sagte er nachdenklich, »daß wir alle den gleichen Kandidaten für einen Mord haben.«

Bargmann zerrte an seiner Schärpe. »Wenn man sich den Kandidaten näher ansieht, ist es gar nicht erstaunlich, finde ich.«

Albrecht starrte in sein Bier, als habe er ein darin kraulendes Seeungeheuer entdeckt. »Aber Sie sehen«, meinte er dann, aufblickend, »daß es drei gute Motive gibt, Wilsing umzubringen. Und wie Wilsing nun mal gebaut ist, gibt es neben uns bestimmt noch andere Leute, die gute Gründe haben, den Apotheker zu eliminieren. Ich meine, jemand, der dreimal Böses getan hat, hört damit nicht so leicht auf. Aber Wilsing lebt, und ich ziehe daraus den Schluß, daß die Krimis mit ihren an den Haaren herbeigezogenen Motiven samt und sonders Stuß sind. Wenn schon Leute bei wirklich guten Motiven nicht umgebracht werden ...« Er schüttelte den Kopf, als ob er darüber unglücklich sei.

»Andere Frage, Obrist«, sagte der Pfarrer. Er versuchte, sein Pferdegesicht in schräge Falten zu legen, was listig aussehen sollte. »*Wie* würden Sie ihn denn umbringen?«

»Oh, ganz einfach. Ich würde es an einem Mittwochabend machen, an dem Wilsing keinen Notdienst hat.«

Der Arzt pfiff leise. »Wieso ausgerechnet dann?«

»Na, Sie wissen doch, daß Wilsing einen Sohn hat. Und Wilsing junior soll demnächst die Apotheke übernehmen. Er arbeitet ja schon lange mit. Aber der Junior spielt in einer Freizeitmannschaft Fußball, und die trainieren am Mittwochabend. Also ist Wilsing senior dann allein.«

»Moment mal.« Bargmann hob seinen Mittelfinger. »Wohnen Vater und Sohn zusammen?«

Der Oberst nickte. »Ja. Über der Apotheke, dritte Etage. Der Junior ist aber nachts oft bei seiner Freundin.« Er warf dem Pfarrer einen Blick zu und grinste. »Wieso auch nicht? Aber ich glaube, die wollen bald mal heiraten.«

Korff lächelte wie über einen guten Scherz, den er als einziger mitbekommen hatte. »Sie sind ja bestens informiert, Albrecht.«

Bargmann gluckste leise und starrte an die Decke. Er öffnete den Mund, schob die zu einem Blasrohr zusammengerollte Zunge zwischen die Lippen, pustete; dann seufzte er und verzichtete auf seinen Kommentar.

Albrecht warf ihm einen Blick zu. »Ach, in der Nachbarschaft weiß man so was eben. – Also Mittwochabend. Im Ort gibt's drei Apotheken, deshalb ist Wilsing in der Regel alle drei Wochen mit Mittwochsdienst dran. Zweimal im

Monat, wenn er keinen Notdienst hat, macht der alte Wilsing abends die große Buchführung; Inventur und Nachbestellungen und so.«

Korff, der mit einem Kartenhaus beschäftigt war, blickte kopfschüttelnd auf. »Aber wieso macht er das nicht nachmittags? Mittwochs sind die Apotheken doch nachmittags dicht, außer sie haben Dienst.«

»Wilsing ist Frischluftfanatiker. Sonnenanbeter. An seinen freien Mittwochnachmittagen spielt er Tennis oder macht Waldläufe.«

Bargmann zog den Inhalt seiner Nase hoch. »Geschenkt. Weiter!«

»Also Mittwochabend. Der Sohn ist weg. Kein Notdienst. Der alte Wilsing sitzt ungestört bei der Buchführung. Ich – ah, das muß ich aufmalen.«

Albrecht ergriff den Kugelschreiber, drehte einen unbenutzten Bierdeckel um und malte auf die Rückseite etwas, das Ähnlichkeiten mit einer auf der schmalen Seite stehenden Streichholzschachtel hatte, wenn es auch in den Umrissen waberte. »So, sehen Sie mal, ein simples Rechteck. Sagen wir, die beiden kürzeren Seiten sind Norden und Süden; stimmt sogar ungefähr. Die langen Seiten sind Westen und Osten. Also: Im Norden verläuft die Hauptstraße, mit dem großen, durchgehenden Gebäude. Rechts unten in diesem Gebäude ist die Apotheke, daneben ein Feinkostladen, daneben eine Zahnarztpraxis.« Er malte halbrunde Kästchen in die Oberkante der stehenden Streichholzschachtel. »An der linken Ecke eine Tankstelle. Abends nach sieben ist da alles dicht. In der ersten Etage ein großes Immobilienbüro, in der zweiten eine Krankenkasse – auch abends alles dicht. In der dritten Etage Wilsings Wohnung, dazu ein paar Lagerräume. – Weiter. Das war also der Norden. Hier links, im Westen, nur eine lange hohe Mauer mit Glasscherben oben drauf. Rechts, im Osten, Ecke an Ecke mit der Apotheke, das Haus mit dem großen Balkon

– gehört auch Wilsing. Da drin wohnt ein altes Ehepaar mit Hund.«

Der Pfarrer schob die Unterlippe vor und kläffte leise. Korff seufzte.

»Daneben das alte Postamt; auch abends dicht. Bleibt nur die Südseite mit den drei nebeneinander stehenden Häusern, Wand an Wand. Im linken wohne ich. So. Ein geschlossenes Rechteck, in das niemand hineinsehen kann. Klar?«

Albrecht blickte sich auffordernd um; die anderen reagierten jedoch nicht.

»Also, wenn ich Wilsing umbringen will, warte ich, bis es dunkel ist, gehe einfach durch den Innenpark, klopfe an sein Fenster, da, wo er arbeitet, und erwürge ihn. Dann gehe ich nach Hause. Fertig. Aus.«

Bargmann nickte. Einer seiner Mundwinkel hob sich. »Klingt überzeugend. Als ob Sie es wirklich tun wollten.«

Der Oberst runzelte die Stirn. »Ach, Unsinn.«

Korff nahm den Bierdeckel, drehte ihn hin und her; er sah ihn jedoch nicht an, sondern starrte aus zusammengekniffenen Augen in unendliche Fernen. Halblaut sagte er: »Und Sie würden ihn erwürgen? Ich glaube, ich würde ihn erstechen und mir dabei einreden, es ist eine Operation.«

Bargmann rieb mit dem Ärmel der Soutane über seine Nase und hüstelte. »Der Himmel verzeihe mir, aber ich würde ihm am liebsten den Schädel einschlagen.«

Der Arzt schnipste den Bierdeckel in die Mitte des Tisches und kicherte. »Makabrer Abend, unser heiliger Dienstag heute. Apropos: Hat Wilsing morgen Notdienst?«

Sie lachten. Schließlich schüttelte Bargmann den Kopf und deutete mit einem seiner langen Finger auf die Karten. »Wollen wir jetzt vielleicht endlich Skat spielen?«

Der Arzt demolierte sein Kartenhaus. »Aber bitte. Ich gebe sogar freiwillig.« Er mischte und teilte aus.

Der Oberst rülpste, indigniert. »Entsetzliches Blatt.«

Bargmann seufzte. »Achtzehn.«

»Prost. Also, noch einmal. Vorgestern haben wir darüber gesprochen, wie man es machen sollte und wann, und gestern ist Wilsing umgebracht worden. Was halten Sie davon?«

Bargmann setzte sein Weinglas auf das Mahagonitischchen, kniff das rechte Auge zu und versuchte das linke in Albrechts Gesicht zu bohren. »Haben Sie uns in Ihre Wohnung gelockt, Oberst, um ein umfassendes Geständnis abzulegen? Oder wollen Sie uns mit Ihrem sauren Wein umbringen, damit Sie keine Belastungszeugen mehr haben?« Er öffnete das rechte Auge wieder und lehnte sich im Plüschsessel zurück.

Der Oberst rieb das Glas an seiner Nase und hob eine Braue. »Ich war's nicht, Herr Kaplan – aber was haben Sie gestern abend gemacht?«

Bargmann schlug die Beine übereinander. »Hah, er dreht den Spieß um – aber das hilft Ihnen nicht. Ich habe Krankenbesuche im Altersheim gemacht, und danach habe ich mit einem Bekannten Schach gespielt.« Er grinste.

»Schlechte Ausrede. Wer würde schon freiwillig mit Ihnen Schach spielen?«

Der Arzt verschränkte die Arme. »Ich, wenn Sie nichts dagegen haben, Oberst. Wir haben bis nach Mitternacht am Brett gesessen. Aber was haben *Sie* gestern abend gemacht?«

Der Oberst setzte sein Glas ab und legte die Hände hinter dem Kopf zusammen. Dabei drückte er mit den Ellenbogen einige Lederbände tiefer ins Teakregal. »Also, bevor Sie sich große Hoffnungen machen – die Kriminalpolizei war schon da und verdächtigt mich wohl nicht besonders. Ich habe ein gutes Alibi.«

»Und wie soll das aussehen?« sagte Korff.

Bargmann legte den Kopf schief. »Hatten Sie vielleicht gutaussehenden Damenbesuch?«

»Pah. Als Wilsing umgebracht wurde, habe ich mir im Dritten einen Western angesehen.« Albrecht setzte eine Miene auf, die eine Mischung aus Trotz und Triumph ausstrahlen sollte.

Der Pfarrer schüttelte den Kopf. »Das heißt nichts. John Wayne hat Sie bestimmt nicht erkannt.«

Der Oberst seufzte. »Wenn ich Wilsing zu der Zeit umgebracht hätte, hätte ich dem Kommissar kaum alle Einzelheiten des Films erzählen können, oder? Es war nämlich eine deutsche Erstaufführung.«

Der Arzt klopfte auf den Tisch. »Nun lassen wir doch den Unsinn mal beiseite – wie ist es denn eigentlich passiert?«

Albrecht stand auf und fuchtelte mit den Armen. »Kommen Sie mal ans Fenster, es ist ja noch fast hell.«

Im abendlichen Zwielicht blickten sie auf den weitläufigen Park, der tatsächlich einem Rechteck ähnelte. Unter dem Fenster lagen Gärten; weiter entfernt, etwa in der Mitte des langgestreckten Gevierts, stand ein prächtiger Baum mit ausladenden Zweigen; links an der Mauer zogen sich kleinere Bäume und Sträucher entlang.

Albrecht wies auf das lange Gebäude gegenüber, das teilweise von dem großen Baum verdeckt war. »So. Sehen Sie, da gegenüber, rechts, das ist die Rückseite der Apotheke. Wie ich Ihnen schon am Dienstag gesagt habe, macht Wilsing da an zwei Mittwochabenden pro Monat seine Buchführung. Gestern abend war sein Sohn, wie üblich mittwochs, nicht da: Fußballtraining. Danach ist er zu seiner Freundin gefahren und erst heute früh wiedergekommen. Als er die Apotheke aufgemacht hat, hat er seinen Vater gefunden. Er lag im Büro, mausetot. Das Fenster zum Garten war angelehnt, alles andere verschlossen. Die Polizei hat im Garten Spuren gefunden und weiß, wie der Mörder vorgegangen ist – aber sie sind ziemlich sicher, glaube ich, daß sie ihn nicht finden werden.«

Korff streckte die rechte Hand aus und berührte mit dem Zeigefinger einen auf der Fensterbank stehenden Kaktus. Dann zischelte er, schob den Finger in den Mund und sagte undeutlich: »Woher wissen Sie das alles?«

»Och, als da heute früh der Zirkus losging, waren wir hier aus den drei Häusern natürlich alle im Garten, sofort. Und deshalb haben wir den größten Teil der Spurensuche selbst gesehen. Den Rest habe ich hinterher vom Kommissar erfahren, aus seinen Fragen.« Albrecht lächelte listig.

Bargmann stieß mit dem Knie mehrfach gegen den Heizkörper, der leise schepperte. »Und wie hat sich diese Affaire denn nun zugetragen?«

»Also, von vorn. Die Tankstelle an der Ecke war zu. Dahinter ist die hohe Mauer, aber bis zu der kommt schon keiner, wenn die Tankstelle zu ist. Der Feinkostladen ist nachts natürlich auch nicht auf, ebensowenig die Zahnarztpraxis.« Albrecht klopfte mit dem Zeigefinger gegen die Scheibe, als ob er auf etwas Bestimmtes deuten wollte. »Sehen Sie, drüben in der ersten Etage, das Immobilienbüro – nachts ebenfalls geschlossen, genau wie die Krankenkasse eins drüber. Außerdem haben die Jungs von der Kripo das alles schon überprüft und wissen, wo die einzelnen Leute gestern abend waren.« Er runzelte die Stirn. »Von denen war es niemand. – Rechts neben der Apotheke das hübsche alte Haus mit dem großen Balkon – die alten Leute, die da wohnen, waren bei Bekannten und sind erst nach Mitternacht heimgekommen.«

Der Arzt nahm den Finger wieder aus dem Mund. »Moment mal – haben Sie uns nicht dieser Tage erzählt, die haben einen Hund?« Sein Kugelkopf kippte im Lager.

»Ja, und das macht die Sache so lustig. Er bellt alle Fremden an, aber letzte Nacht war er still.« Albrecht nickte mehrmals heftig. »Das heißt, da der Mord nur knappe sechs oder sieben Meter von der Hundehütte entfernt verübt worden ist, daß er den Täter gekannt haben muß, nicht wahr?« Er biß sich auf die Unterlippe, trommelte mit den Fingerspitzen auf der Fensterbank herum und starrte in den Park. »Es kann also nur einer von uns Anliegern gewesen sein. Uns kennt der Hund; bei uns bellt er nicht.«

Bargmann verschränkte die Hände hinter dem Rücken, wippte auf den Fußspitzen auf und nieder, legte den Kopf in den Nacken und schielte an seiner Nase entlang den Obersten an. »Nett. Und Sie sind sicher, daß Sie es nicht waren?«

Albrecht schob das Kinn vor. »Pah. Die Post scheidet auch aus, die hat nachts zu, und aus dem ersten Stock kommt man nicht in den Garten – ohne Hilfsmittel jedenfalls. Was bleibt?«

Bargmann kicherte. »Die Bewohner dieser drei Häuser hier. Sie, Ihr Untermieter und die Nachbarn.«

Albrecht klopfte ihm auf die Schulter. »Richtig, Eminenz, so ist es. Und wir scheiden alle aus.« Er grinste. »Sofern man hier von Ausscheidung reden kann.«

Der Arzt musterte den Kaktus und stülpte die Lippen vor. »Also mit anderen Worten: Außer Ihnen hier kann es keiner gewesen sein, aber es war keiner von Ihnen?«

»Ja. Schön, nicht?« Albrecht hauchte dies, als sei er zutiefst ergriffen. »Der einzige andere Kandidat ist Wilsings Sohn, aber der hat erstens ein sauberes Alibi, und außerdem hat er keinen Grund, den Alten umzubringen. Vater Wilsing hat seinem Sohn nämlich vor kurzem die Apotheke überschrieben. Alles schon geregelt – wozu sollte Junior dann noch den Vater töten? Außerdem war Wilsing junior mit der Freundin zur Tatzeit in einer Diskothek, und es gibt ein paar hundert Leute« – der Oberst schmatzte und zuckte mit den Achseln –, »also mindestens zehn, die das bezeugen können.«

Korff kratzte sich den Hinterkopf; dabei spähte er am Kaktus vorbei schräg nach unten und gluckste plötzlich. »Was ist denn das?«

Albrecht verdrehte den Kopf. »Wo? Ach, da rechts. Tja, das ist der Garten, der zum ersten Haus hier unten gehört.«

»Den Garten meine ich nicht, ich meine den hier gleich neben ihrem.«

»Schön, nicht?« Albrecht kicherte. »Das ist eine chinesische Landschaft *en miniature*, mit diesen netten rundkuppigen Hügeln, dazu ein paar Bonsais und Bambus, und mittendurch fährt eine elektrische Eisenbahn.« Er kollerte leise. »Mein Nachbar. Er ist ein pensionierter Bundesbahnbeamter, und sein Vater war vor dem Ersten Weltkrieg in Tsingtau stationiert.«

Bargmann holte tief Luft. »Wunderlich ist die Vielfalt der Geschöpfe des Herrn.«

Korff nutzte die volle Beweglichkeit seines Kugelkopfs aus. »Was ist denn eigentlich mit der langen Mauer hier links?«

»Tja, da kommt ein hübscher Zufall zu Hilfe. In der Straße wohnen Leute mit einem vornehmen Sohn. Der Herr Sohn ist nämlich Staatssekretär in Bonn, und der Vater hatte gestern Geburtstag. Also kam der Herr Staatssekretär vorbei. Er ist bis Mitternacht dageblieben, und die ganze Zeit stand ein Wagen vom Personen- und Objektschutz in der Straße.« Er breitete die Arme aus.

»Was heißt das?« Korff blinzelte Albrechts Achselhöhle an.

»Es heißt, daß zur fraglichen Zeit niemand über die Mauer klettern konnte.«

Bargmann blähte die Nüstern und hob eine Hand. »Moment, langsam. Von vorne, damit ich nicht alles durcheinander bringe. Also: wir stehen hier. Links neben uns ist eine Längsseite des Rechtecks, eine Mauer, über die keiner klettern konnte, weil da ein Polizeiwagen oder Grenzschutz oder was immer stand. Richtig?«

»Sie begreifen heute schnell, Unwürden.« Albrecht nickte.

»Hah. Und gegenüber von uns ist die Kopfseite Ihres komischen Rechtecks, ein durchgehendes Gebäude mit Apotheke und allem anderen, und da war gestern abend außer Wilsing niemand. Richtig?«

»Abermals richtig.«

»Gut. Die rechte Längsseite des Rechtecks – das alte Haus mit Balkon zum Garten, und direkt Mauer an Mauer mit der Apotheke. Und die Bewohner waren nicht da?«

»Sie waren weg, Kaplan, und ihr Hund hat nicht gebellt.«

»Ausgezeichnet. Und Mauer an Mauer daneben ist das alte Postamt, das wann? – um achtzehn Uhr schließt. Die Nachtdienste finden in der neuen Post statt.«

»Ja. Und die Polizei hat alles überprüft. Zwischen den Häusern kann niemand durch, und in den Häusern war keiner. Es hat sich auch niemand in der Post einschließen lassen.« Albrecht streckte dem Pfarrer die Zunge heraus.

»Wunderschön.« Das Pferdegesicht zeigte keine Reaktion. »Also: drei Seiten des Rechtecks sind frei von Verdacht und makellos. Bleibt die vierte – Ihre. Sind Sie sicher, daß Sie es nicht waren, Sie Obrist?«

»Bin ich; ich war's nicht.«

Der Arzt lehnte sich mit dem Gesäß an die Rückseite eines Sessels. »Herrlich. Also ein Rechteck mit Häusern und Mauern ringsum und einem Park in der Mitte. Und in dieses Rechteck kann keiner rein. Es kann aber auch keiner raus, außer durch die Häuser. Also muß der Mörder hier irgendwo wohnen.«

Bargmann machte klackende Geräusche mit der Zunge. »Ungesunde Nachbarschaft.«

Albrecht kniff die Augen zusammen. »Und der Mörder muß sich hier gut auskennen.«

Der Arzt rümpfte die Nase. »Wieso? So schwer ist das doch nicht, hier durch den Park zu laufen.«

Albrecht nickte. »Nein, aber der Mörder ist sehr geschickt vorgegangen. Nach Meinung der Polizei ist er nämlich –

schauen Sie mal, da drüben, ganz rechts, neben der Rückwand des Postamts. Der kleine Schuppen.«

Korff und Bargmann beugten sich vor, stießen beinahe mit den Köpfen zusammen (Bargmann hatte sich gebückt), preßten dann die Nasen an die Scheibe und schielten nach rechts.

»Was ist mit Schuppen?« Dabei grinste Bargmann und schnipste silbrigen Haarschutt von Korffs Schulter.

»Sehen Sie«, sagte Albrecht. »Im rechten Haus wohnt ein alter Drucker mit seiner Frau. Sie wollen seit Jahren die Etage vermieten, haben sich aber nicht aufraffen können. Bisher. Überhaupt komisch, fällt mir gerade auf. Das ist eine richtige Alte-Leute-Gegend hier.« Er schüttelte den Kopf.

»Meinen Sie diesen senilen Trottel, diesen ehemaligen Feldwebel oder Feldmarschall oder so was?«

Albrecht blickte den Pfarrer mit großen Augen an und nickte heftig und ernsthaft. »Den auch. Also, der alte Drukker. Er hat Druckmaschinen im Keller; das ist sein Hobby. Er gehört zu diesem Gesangverein, der immer mittwochs in unserer Kneipe grölt ...«

Korff seufzte. »Diese entsetzlichen Radaubrüder und -schwestern? Wegen deren Lärm wir uns von Mittwoch auf Dienstag verlegt haben?«

»Genau. Er und seine Frau machen da mit. Und gestern abend, Mittwoch, waren sie singen. Und dann hat er noch ein drittes Hobby, das wichtigste: seinen Garten. In dem Schuppen da an der Mauer ist sein ganzes Gartenzeug. Das hat der Mörder gewußt.« Er machte ein unaussprechlich geheimnisvolles Gesicht.

Korff blickte irritiert. »Wieso? Was hat der Mörder gewußt?«

»Hat er vielleicht Wilsing mit einem Stiefmütterchen erschlagen, oder was?« Der Pfarrer hob eine Faust und ließ sie niedersausen.

»Nein; viel schlauer und viel wirkungsvoller.« Albrecht strahlte; in seinem Gesicht lag so etwas wie Stolz. »In dem Schuppen sind Hacken, Spaten, Saatgut – was Sie wollen. Und kleine Trampelbrettchen mit angenagelten Latschen.«

Korff grunzte. »Wozu soll das gut sein?«

»Da steigt man rein, wenn man Beete glätten oder einebnen will, und dann trampelt man; so einfach. Bauern hängen sich eine Walze hinter den Traktor, und Kleingärtner machen das mit Brettchen. Und die Polizei sagt, der Mörder ist vom Schuppen aus auf Brettchen quer durch den Park gegangen. Dann hat er an Wilsings Fenster geklopft und ihn umgebracht, und dann ist er auf seinen Brettchen wieder zurückgegangen.«

Albrecht strahlte noch immer. Bargmann und Korff blickten einander an; es war deutlich zu sehen, wie sie versuchten, sich den Vorgang und vor allem das Schuhwerk vorzustellen.

Schließlich nickte der Pfarrer. »Gute Idee – aber wenn er aus den Dingern, diesen Latschen mit Brettern, wieder ausgestiegen ist, dann muß er doch hinterher hier in den Gärten Spuren hinterlassen haben.«

»Ja-ha-ha.« Albrecht nickte mehrmals heftig; durch die Schweißperlen auf seiner Tonsur wurden Lichtfunken von der Deckenlampe reflektiert. »Aber erstens wimmeln die Gärten von Spuren, weil alle dauernd darin herumlaufen, und zweitens waren wir natürlich heute früh alle draußen und sind hin und her gelaufen, als da drüben der Zirkus anfing. Also – nichts zu finden.«

Mit einer Bewegung, als ob er etwas aus dem Ärmel schütteln wollte, deutete der Arzt aus dem Fenster. »Wer wohnt denn noch hier?«

»Also, wie gesagt, rechts der alte Drucker und seine Frau. Im mittleren Haus unten eine gehbehinderte Dame, und auf der Etage dieser pensionierte Bahnbeamte mit seiner Frau. Sie ist ein bißchen verhuscht, und er spielt immer im Garten mit seiner Eisenbahn und legt neue chinesische Landschaften an.« Albrecht machte eine kurze Pause. »Und hier, unter mir, wohnt ein Komponist.«

Der Pfarrer blickte ihn fragend an. »Ein Kommunist?«

Albrecht seufzte. »Kom-po-nist. Macht Film-, Funk- und Fernsehmusik. Davon kann er ganz gut leben; jedenfalls bezahlt er regelmäßig seine Miete.« Er schüttelte den Kopf. »Komisch, auch der hat ein besonderes Verhältnis zum Garten.«

Bargmann verzog das Gesicht. »Was macht er denn? Gräbt er vielleicht Tunnel?«

»Nein, das macht doch schon der Bahnmensch hier rechts. Wenn Sie genau hinsehen, können Sie sogar einen seiner Tunnel erkennen. Da, unter diesem chinesischen Hügel. Da geht die Bahn durch – übrigens ein Terror bei Regen; dann müssen immer schnell alle Gleise abgebrochen werden. Aber im Moment haben wir ja gutes Wetter.« Wie um sich zu vergewissern klopfte Albrecht auf das Barometer, das neben dem Fenster an der Wand hing.

Der Arzt räusperte sich. »Also, was hat Ihr Komponist mit dem Garten?«

Bargmann fuhr sich mit dem Finger über den Nasenrücken. »Ein Verhältnis, sagten sie – frugale Erotik?«

Der Oberst grinste. »Nein – er braucht den Garten, um zu komponieren. Die schöne große alte Weide da in der Mitte...«

Korff riß die Augen auf, schüttelte den Kopf und spähte ins Zwielicht hinaus. »Wie komponiert man mit einer Weide?«

Bargmann hob den rechten Arm zum Gesicht und blies in den lockeren Ärmel seiner Soutane. »Hängt er da Windsäcke rein?«

»Fast. Neben seinen Auftragsproduktionen macht er eigene, zum Teil sehr ausgefallene Orchesterwerke. Ein bißchen bizarr. Er hängt oft Schalmeien und Gongs und kleine Flöten und so was in die Zweige.« Der Oberst machte eine halbkreisförmige Bewegung mit dem rechten Arm zum Fenster hin. »Schauen Sie – wir sind hier an der Südseite der Gärten.« Er zuckte mit den Achseln. »Na ja, des Parks. Und wir haben fast immer Westwind; der kommt dann über die Mauer, ist also fast ungebrochen. Wenn mein Untermieter seine Instrumente in die Zweige hängt, spielt ihm der Wind ein Konzert.« Er pfiff.

»Was sind denn das alles für Instrumente?« Korff starrte noch immer aus dem Fenster, mit einem Gesichtsausdruck, als ob er erwartete, im zunehmenden Abenddunkel Dudelsackbäume aufsprießen zu sehen.

Albrecht machte ein etwas ratloses Gesicht. »Meistens selbstgemachte. Er hat in einem Kellerraum eine kleine Schreinerei eingerichtet.« Er zögerte; schüttelte dann den Kopf. »Also, Schalmeien ist nicht das richtige Wort, es sind eher – wie heißen diese Gefäße?« Er streckte die Arme aus und formte mit den Händen Halbkugeln; ganz als ob er Marylin Monroe beschreiben wollte. Der Pfarrer hob eine Augenbraue. »Kalebassen, glaub' ich. Unterschiedlich groß, unterschiedlich krumm. Zusammen mit den verschiedenen Gongs kann das ein unheimliches Jaul-, Heul- und Winselkonzert geben. Manchmal kommen aber auch sehr hübsche Klänge zustande. Der Komponist sitzt dann mit Papier und Bleistift, manchmal auch mit Tonband im Garten. Hinterher mischt er die Töne nach merkwürdigen Gesetzen auf dem Klavier.«

Bargmann zupfte an seinem Kinn. »Wohnt der schon lange hier?«

»Den hab' ich übernommen, als ich einundsiebzig das Haus gekauft habe. Er wohnt hier schon seit, oh, ich weiß nicht, Anfang der Sechziger. Und wir haben einen langen Mietvertrag. Wozu soll ich ihn rauswerfen? Überhaupt – wollen Sie mal was von seiner Musik hören?«

Bargmann und Korff wechselten Blicke; Korff schüttelte den Kopf, und Bargmann grinste. Der Oberst hatte seinen

Beobachtungsposten am Fenster verlassen und ging zu dem Teakregal hinter seinem Sessel. Dort wühlte er zwischen den Schallplatten auf den unteren Regalbrettern; ächzend und mit gerötetem Gesicht richtete er sich schließlich wieder auf.

»Hier, eine Platte.« Er wedelte damit; dann blickte er auf dem Umschlag. »Tolle Titel, hören Sie mal: ›Lamento des westlichen Windes zugunsten der Regenpauke‹. Oder ›Windfuge für Holzbläser mit Speichelperkussion‹. Wollen Sie mal reinhören?«

Der Arzt lächelte mild. »Ach, ich weiß nicht, diese moderne Musik ...«

Bargmann reckte die Hände vor, mit gespreizten Fingern. »Nur, wenn es unbedingt sein muß.«

Beinahe melancholisch blickte der Oberst auf die beiden, dann auf die Platte; schließlich zuckte er mit den Achseln und stellte die Schallplatte wieder ins Regal.

»Erzählen Sie uns lieber mal, auf welche Weise Wilsing eigentlich umgekommen ist.«

Korff wollte sich an die Fensterbank lehnen, blickte sich mißtrauisch nach dem Kaktus um und verschränkte die Arme. Albrecht kam wieder hinter dem Sessel hervor. »Erinnern Sie sich ... sagen Sie, wollen wir uns nicht vielleicht mal wieder setzen?«

Mit zustimmendem Gebrumme und Kopfnicken nahmen alle wieder ihre alten Plätze ein. Albrecht ergriff sein halbvolles Weinglas, hob es hoch, blickte hindurch und nahm einen Schluck. »Ah. Prost, übrigens.«

Korff und Bargmann tranken ebenfalls. »Prost, prost.«

Albrecht drehte das Glas in der Hand hin und her. »Also, unser Gespräch vom Dienstag. Ich wollte ihn erwürgen; Sie, Doktor, wollten ihn erstechen, und Sie, Herr Bischof, wollten ihn erschlagen, nicht wahr?« Er blinzelte.

Bargmann seufzte ungeduldig. »Ja, ja. Und wer hat recht bekommen?«

Albrecht blickte ihn über den Rand des Weinglases an. »Wir alle drei.« Er kicherte. »Und das ist das besonders Feine daran. Nach Ansicht der Polizei ist der Mörder durch das Fenster gestiegen, das Wilsing ihm aufgemacht hatte. Das heißt, der Mörder muß Wilsing bekannt gewesen sein. Und, nicht zu vergessen: Der Hund hat nicht gebellt, und der Mörder kannte diesen Werkzeugschuppen mit den Bretterlatschen.«

Korff öffnete den Mund halb, ruderte mit den Armen, ließ sich dann auf dem Sofa zurücksinken, schüttelte den Kopf und schloß die Augen.

Albrecht ignorierte ihn. »Also, Wilsing läßt den Mörder durchs Fenster reinkommen. Als Wilsing ihm irgendwann den Rücken zudreht, wirft der Mörder ihm eine Schnur oder Drahtschlinge über den Kopf und zieht zu. Wilsing wehrt sich. Der Mörder zieht weiter und packt mit einer Hand einen schweren Aschenbecher von Wilsings Schreibtisch. Den haut er ihm auf den Kopf. Schließlich, weil Wilsing noch immer nicht ganz tot war, hat er ihm seinen eigenen Brieföffner ins Herz gestoßen. Dann hat er alle Abdrücke verwischt und ist durchs Fenster verschwunden.«

Der Arzt ergriff ein Sofakissen, hielt es mit ausgestreckten Armen vor sich und drehte es hin und her; dabei summte er leise und mißtönend. Schließlich sagte er: »Wie im Wilden Westen. Übel, übel.«

Bargmann hatte die Augen geschlossen. Seine Stimme kam wie aus weiter Ferne. »Kann uns vielleicht jemand belauscht haben? Das ist doch sehr komisch, daß alle drei von uns bedachten Varianten verwendet wurden...« Er öffnete die Augen, richtete sich auf und griff nach seinem Weinglas. »Oder Zufall. Zwangsläufig. Was weiß ich. Jedenfalls seltsam.« Er trank, verschluckte sich und hustete eine Tröpfchenfontäne aus.

Korff bettete das Kissen auf seine Knie, stützte die Ellenbogen darauf, legte das Kinn auf die Fäuste und schob die

Unterlippe vor. »Aber wer kann es denn gewesen sein? Am Nebentisch hat doch niemand gesessen.«

Bargmann wischte sich mit dem Ärmel der Soutane den Mund. »Lassen wir den großen Unbekannten beiseite. Ach, jetzt rede ich schon wie ein Mitglied eines Detektivbüros.« Er beugte sich vor, nahm eine kleine Glasschale vom Tisch, stopfte sich eine Handvoll gesalzener Erdnüsse in den Mund, grunzte und begann zu kauen.

Korff kicherte. »Wir können ja eins aufmachen. Das Triumvirat – der Pfarrer, der Oberst und der Medizinmann lösen alle Rätsel. Rufen Sie uns an. Wir rufen Sie nicht an.«

Bargmanns Zähne malmten. Undeutlich sagte er: »Schönes Triumvirat. – Also, die Polizei weiß nichts?«

Albrecht schlug die Beine übereinander. »Nein. Die gehen offenbar davon aus, daß es nur drei Leute gewesen sein können, das heißt, mit mir vier, und daß keiner von uns es war – vor allem hat von uns keiner ein Motiv.«

Korff hob das Kinn wieder von den Fäusten. Er blickte den Oberst skeptisch an. »Moment mal – sind Sie da so sicher? Der Drucker mit seinem Garten, der Bahnmensch mit seiner Garteneisenbahn, der Komponist mit seinem Musikbaum und Sie – da müßte sich doch ein Motiv finden. Abgesehen davon, daß Sie eins haben, wie wir wissen. Denken Sie, Entschuldigung, an Ihren Bruder.«

Albrecht winkte ab. »Ja, sicher, aber das wissen nur wir drei – die Polizei weiß es nicht. Außerdem hätte ich, wenn das Motiv so stark wäre, Wilsing schon längst umgebracht.«

Der Arzt schlug mit der flachen Hand auf das Kissen. »Lassen wir mal die Motive beiseite – wer hatte eine Gelegenheit? Was ist mit Ihnen? Ach so.« Er kicherte. »Sie hatten ja ein Rendevouz mit John Wayne.«

»Es war Randolph Scott, aber der Unterschied ist nominell.«

»Was ist mit Ihrem Untermieter, dem Baumkomponisten?« Korff grinste seinen Worten hinterher.

»Ich bin; nein, andersrum.« Albrecht kaute auf der Unterlippe. »Er hat mir den Western mit einigen seiner wilderen Improvisationen am Klavier untermalt. Das dringt natürlich durch. Aber er ist rücksichtsvoll; er fragt immer, bevor er sehr spät zuschlägt. Ich gehe ja auch selten vor Mitternacht ins Bett, da stört es mich dann auch nicht.«

Der Arzt hob eine Braue. »Sie meinen, er hat zur wahrscheinlichen Tatzeit Klavier gespielt?«

»Ja. Und dann war er kurz bei mir, um mich zu fragen, ob es mich stört, wenn er noch eine bestimmte Sequenz auf dem Cello ausarbeitet; also, ob ich früh ins Bett gehen will.«

Bargmann kippte den Rest der Erdnüsse aus der Schale in seine Hand. »Ach, Cello spielt er auch? Sehr variabel in seinem Lärm, dieser Komponist.« Dann begann er wieder zu malmen.

Albrecht betrachtete das kauende Pferdegesicht und schüttelte sich. »Ja. Ich habe ihm gesagt, daß mich das nicht stört. Eine Weile danach bin ich kurz auf die Toilette gegangen, da habe ich gehört, daß er gerade duscht – sein Bad ist genau unter meinem, und beim Duschen hat er gesungen.«

Bargmann sagte etwas, das niemand verstand. Er kaute zu Ende, schluckte und räusperte sich. »Also. Kurz gesagt, er kann's nicht gewesen sein, weil er zur Tatzeit musiziert und danach geduscht hat.«

»Genau. Und zwar hat er abscheulich gesungen.« Albrecht blähte die Wangen auf.

Korff machte ruckartige Bewegungen mit dem Hinterkopf. »Was ist mit Ihrem Eisenbahner nebenan?«

Albrecht machte eine Faust, stellte den Daumen auf und drehte die Faust dann nach unten. »Der liegt seit ein paar Tagen mit einer dicken Sommergrippe im Bett. Heute früh war er kurz draußen, bei dem Aufruhr, aber er sah schlecht aus, hatte Fieber und war heiser. Sie können sich bei Ihrem Kollegen erkundigen, der ihn behandelt. Nein, er scheidet aus.«

Bargmann machte unartikulierte Geräusche durch die Nase, die vermutlich Zweifel ausdrücken sollten. Korff sagte: »Und seine Frau?«

»Ich sagte doch, zierlich und verhuscht. Und die soll den schweren, gut durchtrainierten Gesundheitsapostel und Sonnenanbeter Wilsing mit einer Schlinge, einem Aschbecher und einem Brieföffner umgebracht haben?« Er schüttelte den Kopf und keckerte kurz. »Dazu gehört mehr Kraft, als zwei von ihrer Sorte zusammen haben.«

Klirrend setzte Bargmann das leere Erdnußschüsselchen wieder auf den Tisch. »Und wer wohnt parterre?«

»Unter dem Eisenbahner? Eine gehbehinderte Dame. Vergessen Sie's.«

Der Arzt legte das Kissen in die Sofaecke, beugte sich vor und ergriff sein Weinglas. »Bleibt nur noch der alte gärtnernde und singende Drucker mit seiner Frau.«

Bargmann gluckste. »Wir sind ja wegen des Gesangs umgezogen, von Mittwoch nach Dienstag. Vielleicht hat der Drucker den Apotheker totgesungen.«

Der Arzt sog Luft durch die Zähne. »Schlimme Todesart, bei diesem Lärm, den die immer machen, denke ich.«

Der Oberst lehnte sich in seinem Sessel zurück und legte das rechte Bein auf die Tischkante. »Ja, aber die waren gestern abend singen, wie üblich, und die kommen normalerweise erst gegen Mitternacht heim. Da war Wilsing längst tot.«

Bargmann stand auf, ging zum Fenster, spähte in die Nacht hinaus und wiegte den Kopf. Korff und Albrecht genossen die Rückansicht der Soutane. Halblaut begann Bargmann zu reden; dabei drehte er sich langsam wieder um und ging zu seinem Sessel zurück.

»Also – der junge Wilsing war mit seiner Freundin in einer Diskothek. Die alten Leute aus dem Haus mit Balkon da hinten waren bei Freunden. Der Drucker und seine Frau waren singen. Ihr Nachbar, der eine elektrische Eisenbahn

33

durch die chinesische Miniaturlandschaft seines Gartens jagt, lag mit Fieber im Bett; seine Frau ist zu schwach. Sie haben ferngesehen, und Ihr Untermieter hat komponiert und geduscht. Sehe ich das richtig?« Er ließ sich in den Sessel plumpsen.

»Genau.« Albrecht nickte heftig. »Von uns hier kann es keiner gewesen sein, und ein anderer als einer von uns kann es auch nicht gewesen sein.«

Bargmann legte den Kopf schief. »Nach den Gesetzen der Logik müßte Wilsing dann noch leben.«

»Woran Sie sehen, daß die Logik nicht das Leben ersetzt.« Albrecht kicherte.

Der Arzt trommelte auf die Tischplatte. »Wie steht's denn mit Motiven? Hatte einer von denen hier ringsum Streit mit Wilsing?«

»Nicht, daß ich wüßte.«

Der Pfarrer hob den rechten Arm und wies mit dem Daumen hinter sich, zum Fenster. »Wem gehört denn eigentlich dieser ganze Innenpark hier? Abgesehen von den kleinen Gärten an dieser Seite.«

Albrecht runzelte die Stirn. »Der Rest gehört Wilsing. Gehörte. Jetzt gehört er seinem Sohn. Wieso?«

Korff sagte: »Und kein Anlaß für Ärger?«

»Keiner – im Gegenteil, obwohl mich das bei Wilsing eher verblüfft. Sehen Sie.« Er verschränkte die Arme vor der Brust und machte ein gedankenvolles Gesicht. »Wilsing gehören etwa zwei Drittel der Innenfläche unseres Rechtecks. Die beiden Gärten gehen über ein Drittel hinaus, und auch die Weide unseres Komponisten steht auf Wilsings Grund, aber er hat nie etwas dazu gesagt. Alle haben beinahe freundlich miteinander verkehrt.« Er entschränkte die Arme wieder, richtete sich auf und langte nach der Flasche auf dem Tisch. »Noch jemand Wein?«

Der Arzt reichte ihm sein halbleeres Glas. »Ja, bitte.«

Albrecht füllte Korffs Glas nach, dann das des Pfarrers.

Korff folgte der aufwendigen Aktion aufmerksamen Blicks; als Albrecht bei seinem eigenen Glas angekommen war, sagte er: »Danke. – Vielleicht war Wilsing plötzlich allergisch gegen die elektrische Eisenbahn nebenan?«

Der Oberst zog die Mundwinkel herab und schüttelte den Kopf. »Wieso? Die kleinen Berge mit Stollen und Tunnels, die Miniflüsse und winzigen Seen mit Brücken? Was soll ihn daran stören? Ich glaube, er fand das ganz lustig.«

Bargmann hakte den rechten Zeigefinger in seinen klerikalen Kragen, zog ihn abwärts, reckte das Kinn und kollerte. Er klang wie ein Truthahn; sein Adamsapfel turnte. »Es fehlt bloß, daß Ihr Nachbar auch noch Goldfische züchtet und die im Sommer mit der Eisenbahn durch den Garten kutschiert. Toll.«

Korff legte beide Hände um den langen Stiel seines Weißweinglases. »Tja. Tja. Tja. Und wir beide, der Pfarrer und ich, haben auch gute Alibis für gestern; außerdem hat keiner von uns einen Schlüssel zu diesen Häusern. – Sagen Sie mal, ich hab's!«

Bargmann warf ihm einen Blick zu. »Wozu soll ich sagen: Ich hab's?«

Korff schnaubte. »Ach, Sie doch nicht. Ich glaube, ich hab's.« Er lehnte sich zurück, lächelte ein wenig schief und blickte zwischen Pfarrer und Oberst hin und her. »Sie kennen doch das Lokal, in dem diese Radau-Freunde singen und wir Skat spielen.«

Bargmann verdrehte die Augen gen Himmel; Albrecht musterte den Arzt befremdet. »Natürlich; wieso?«

»Stellen Sie sich vor – Sie tun so, als hätten Sie ein Magenleiden – was weiß ich: meinetwegen Verstopfung. Sie gehen zur Toilette. Vom Gang zur Toilette kommt man aber auch zur Hintertür. Der Drucker geht nach Hause, steigt in seine Bretterschuhe, bringt Wilsing um, kommt zurück ins Lokal und behauptet, er hätte die ganze Zeit auf der Toilette zugebracht. – Na?«

Bargmann schloß die Augen und hielt sich die Nase zu. »Unästhetisch, das Alibi.«

Albrecht schwieg einen Moment. Dann sagte er: »Hmmmm – das wäre eine Möglichkeit. Sie könnten da etwas haben, Doktor Watson. Nur ...«

Korff blickte ihn an. »Was nur?«

»Die Polizei hat das, fürchte ich, schon nachgeprüft. Weder der Drucker noch seine Frau sind gestern abend lange vermißt worden. Alle haben eifrig gejohlt.«

Der Arzt hob die Schultern; seine Mundwinkel sackten ab. »Schade. Es hätte ja sein können. – Na ja.«

Bargmann ließ seine Nase los und öffnete die Augen wieder. »Wunderschön. Keiner konnte in den Park, außer denen, die sowieso nicht drin waren. – Andere Frage, Oberst: Was passiert denn jetzt mit der Apotheke und der Wohnung?«

»Übernimmt alles der Sohn.«

»Und was wäre gewesen, wenn der Alte noch lebte? Ich meine, Sie haben erzählt, daß Wilsing junior demnächst heiraten will. Wo hätte er dann mit seiner Frau gelebt? Mit dem Alten unter einem Dach?«

Albrecht starrte in seinen Wein. Langsam, wie zögernd sagte er: »Nein. Ich glaube, Wilsing hatte schon mit den alten Leuten im Balkonhaus gesprochen – die wollen wohl ins Altersheim; sobald ein Platz frei wird. Dann wollte Wilsing in das Haus ziehen und seine Tage auf dem Balkon verbringen; er ist ja Sonnenverehrer gewesen. Und Wilsing junior wäre, wie er es wohl jetzt tun wird, mit seiner Frau in die Wohnung gezogen.«

Korff hob sein Glas, nahm einen Schluck, setzte es wieder ab und seufzte ausgiebig. »Letzten Endes hat also niemand was von Wilsings Tod, oder?«

Der Oberst nickte. »Nein. Das heißt, nein, niemand hat was davon, und ja, Sie haben recht. Wilsing hatte die Apotheke seinem Sohn schon überschrieben. Das wußte ich seit

– na, zwei, drei Wochen. Es ist noch nicht lange her, aber es war klar. Abgemacht. Die alten Leute wollten von selbst ins Altersheim; es ist nicht so, daß Wilsing die da rausgeekelt hätte. Und die anderen Nachbarn hatten keinen Streit mit ihm und haben von seinem Tod keine Vorteile.«

Der Pfarrer kicherte. »Prachtvoll. Also niemand hatte einen Grund, niemand zieht Nutzen aus dem Tod, niemand hatte eine Möglichkeit. Also hat auch niemand es getan. Es lebe die Logik.«

Der Arzt leerte sein Weinglas mit langen Zügen, stellte es ab und klopfte auf den Tisch. »Logik oder nicht, ich habe morgen früh Patienten.« Er stand auf. »Wir sehen uns am Dienstag, zum Skat.«

Bargmann leerte sein Glas ebenfalls, seufzte, erhob sich und strich Erdnußkrümel von der Soutane. »Ach, ich gehe gleich mit.«

Der Oberst geleitete sie zur Tür. Als Bargmann schon halb im Treppenhaus war, drehte er sich noch einmal um, kam zurück und klopfte dem Oberst auf die Schulter.

»War nett bei Ihnen, Albrecht. Organisieren Sie doch öfter so schöne Denkabende, bei denen nichts herauskommt als eine unerklärte Leiche.«

3

Der Doktor warf die Karten so laut auf den Tisch, daß der hinter seinem Tresen im Stehen eingedöste Wirt zusammenfuhr und nach dem Zapfhahn griff. Korff blickte die anderen an.

»Wer gibt?«

Der Oberst betupfte seine Tonsur mit einem großen geblümten Taschentuch. »Moment mal. Bargmann, Sie haben schweigend gegessen und nicht einmal gerülpst. Sie haben doch was auf dem Herzen.«

Der Pfarrer schielte an seiner schroffen Nase entlang. »Wissen Sie was Neues über den Mord, den perfekten?«

»Nein. Ich glaube, die Polizei wird aufgeben und die Sache zu den Akten legen. Wir sind alle noch mal befragt worden, aber die Sache bleibt, wie sie war: kein Motiv, keine Gelegenheit, nichts. Und mir ist auch nichts dazu eingefallen.«

Der Arzt nickte. »Mir auch nicht.«

Bargmann schloß die Augen. »Hmmmmm, aber mir.«

Der Oberst legte den Kopf schief. »Bitte? Was denn?«

Der Arzt griff nach dem Kugelschreiber und legte ihn wie ein Laserskalpell auf den Pfarrer an. »Lassen Sie hören!«

Bargmann lächelte. »Tja, wie es sich für einen Priester gehört, ist mir der Einfall am Sonntag gekommen, in der Kirche.«

Albrecht seufzte. »Lieber Himmel, muß das sein?«

»Ruhe«, sagte Korff. »Bitte weiter, Bargmann.«

»Nach dem Vaterunser war es. Da geht das Gebet ja weiter. Es heißt: ›Erlöse uns, Herr, von allem Bösen und komm uns zu Hilfe mit deinem Erbarmen.‹«

»Ich weiß nicht, ob das bei der Aufklärung von Morden hilft«, knurrte der Oberst.

»Moment, Sie finsterer Heide. Plötzlich machte es klick in meinem Kopf und mir fiel ein, daß ja bis zur Liturgiereform der Text anders gelautet hatte, nämlich: ›Erlöse uns von allem Übel, sei es vergangen, gegenwärtig oder zukünftig ...‹«

Der Arzt riß die Augen auf. »Ahhhhh!«

Albrecht rümpfte die Nase. »Machen Sie jetzt Sciencefiction daraus?«

»Nein – passen Sie auf. Ich habe also angefangen zu denken. Wir haben uns geeinigt, daß offensichtlich kein aktuelles Mordmotiv zu finden ist. Und die vergangenen, wie unsere Motive, sind für einen Mord letzten Endes nicht stark genug. Gut, vielleicht hat jemand einen tiefen Groll, aber wie soll man das herausfinden? Also, dachte ich – natürlich nach der Messe, hm –, daß der Mord genauso gut geschehen sein kann, um etwas Zukünftiges zu verhindern.«

Der Oberst kicherte. »Oho. Sie haben also, weil Sie weder in der Gegenwart noch in der Vergangenheit eins finden konnten, ein Motiv in der Zukunft gesucht? Das finde ich – ja, wie finde ich das?«

»Ich finde das schön«, sagte Korff. »Haben Sie was gefunden?«

»Ja, und zwar war es plötzlich wahnsinnig einfach. Es machte klick-klick-klick, und alle Steinchen kamen zusammen...«

Der Oberst blähte die Nüstern. »Nun machen Sie schon weiter, Mann! Keine chinesische Folter, bitte!«

»Gut. Was passiert, wenn Wilsing weiterlebt? Er gibt die Apotheke an seinen Sohn ab, und sobald die alten Leute raus sind, zieht er in das Haus an der Ecke, das Haus mit Balkon. Wem schadet das? Den Gärtnern? Nein, denn Wilsing ist kein Gemüse-Fan. Er ist, wie Sie erzählt haben, Oberst, ein Sonnenanbeter. Er wird niemandem den Garten verbieten. Was wird er tun? Er wird sich im Garten und auf dem Balkon sonnen, vielleicht Runden durch den kleinen Innenpark drehen, lesen, was weiß ich. Schadet das jemandem? Kaum.«

»Nicht mal ihm – es ist gesund.« Der Arzt lächelte.

»Offenbar nicht«, sagte der Oberst, »sonst müßte er noch leben. Aber ich weiß immer noch nicht, worauf Sie hinauswollen, Kardinal.«

»Sofort, sofort. Als ich beim Sonnenanbeten angekommen war, hatte ich den Mörder. Motiv und Gelegenheit hatte ich dann auch bald.« Er blickte die beiden triumphierend an.

Der Oberst beugte sich vor. »Machen Sie's nicht so spannend.«

»Und zwar fiel mir ein, wie Sie, Albrecht, von dem

Komponisten berichtet haben, wie er seine Instrumente in den Baum hängt. Der Baum ist wohl sehr wichtig für ihn, nicht wahr?«

»Ja, er behauptet, ohne den Baum könnte er längst schon keine Musik mehr machen.«

Der Pfarrer grinste breit. »Sehr schön. Sehen Sie – Sie haben uns erzählt, daß Sie fast immer Westwind haben, der über die lange Mauer kommt, und daß Ihre Häuser da unten im Süden stehen. Folglich schaut Wilsing, wenn er in dem alten Haus lebt und auf dem Balkon steht, nach Süden und Westen, nicht wahr? Von dort hat er die längste Zeit des Tages Sonne ... oder?«

Der Oberst ließ die flache Hand auf den Tisch fallen. »Allmächtiger – Sie haben recht, Mann!«

Der Arzt blickte verdutzt drein. »Wieso, Moment, was denn?«

»Mitten im Garten steht die schöne große Weide, ohne die der Komponist keine Musik mehr machen kann. Und sie wirft ihren Schatten den ganzen Tag über genau dorthin, wo der Sonnenanbeter Wilsing in ein paar Monaten die Sonne wird anbeten wollen.« Bargmann steckte den kleinen Finger ins rechte Ohr, wackelte in der Höhlung und betrachtete den Obersten. »Und Wilsing, sagten Sie, gehören zwei Drittel des gesamten Geländes – die Weide steht ziemlich genau in der Mitte, also auf seinem Grund. Und weil er die Sonne sucht und die Weide ihm nur Schatten gibt, denn das ist ein schöner großer, breiter Baum – deshalb wird er sie fällen, und niemand kann ihn daran hindern. Und der Komponist kann nicht mehr komponieren.« Er faltete die Hände und blickte in einer nicht sehr überzeugenden Art demütigen Triumphs vor sich hin.

»Toll«, sagte der Oberst. Er schnaufte.

Der Arzt nickte heftig. »Ich bin begeistert.«

Der Oberst stellte das Schnaufen ein und kniff die Augen zusammen. »Aber – er hatte doch keine Gelegenheit!«

Der Pfarrer betrachtete ihn mißbilligend. »Aber gewiß doch. Sie selbst haben sie ihm verschafft. Er fragt Sie, ob er noch komponieren kann. Sie haben ihn also gesehen. Kurze Zeit später hören Sie ihn duschen und dabei singen. Hat er danach – was wollte er spielen? Cello? Hat er danach Cello gespielt?«

»Nach dem Duschen? Hm, ja, hat er.«

»Macht nichts. Wissen Sie, es kostet nicht viel, das Geräusch einer Dusche auf Band aufzunehmen und dazu zu singen und später noch ein Cello dazuzugeben. Sie haben doch selbst gesagt, daß er viel mit dem Tonband arbeitet, unter anderem unter dem Baum.« Bargmann reckte seine langen knochigen Finger und begann die einzelnen Punkte seines Vortrags daran abzuzählen. »Er läßt also das Band laufen. Das ist gleichzeitig eine gute Ausrede für den Fall, daß in der Zeit jemand bei ihm klingelt – bitte sehr, ich war unter der Dusche, und da habe ich nichts gehört. Er geht durch den Keller in den Garten, holt sich die Bretterschuhe, die er natürlich kennt, als Nachbar, geht rüber zu Wilsing, bringt ihn in der erwähnten Weise um – übrigens, damit ist auch die Schlaufe oder Schlinge geklärt, mit der er ihn gewürgt hat. Seine Wohnung ist voll davon, und keinem wird es auffallen.«

Der Oberst betrachtete ihn irritiert. »Was meinen Sie? Was für Schlingen denn?«

Bargmann ergriff sein Bierglas. »Cellosaiten – glauben Sie, daß es einem Kriminalbeamten auffällt, wenn ein Cellist eine Saite reinigt oder wegwirft? Nicht dran zu denken. Er bringt also Wilsing um, bringt die Bretterlatschen zurück und geht in seine Wohnung. Fertig. Angst vor Spuren braucht er nicht zu haben – er geht doch sowieso durch den Garten, jeden Tag mehrmals, also sind seine Spuren da zigmal zu finden. – Na?« Er nahm einen langen Schluck und strahlte.

»Ich bin sprachlos«, behauptete der Arzt. »Toll.«

»Aber, wie ist das mit der Psychologie? Ich meine, kann ein Musiker morden?« Der Oberst wiegte zweifelnd den Kopf.

Der Pfarrer grinste. »Natürlich. Als Priester und Beichtvater habe ich keine Illusionen über die miserable Qualität des Menschen. Außerdem ist es durchaus möglich, daß Ihr Untermieter den Mord als – hm, kompositorisches Problem aufgefaßt hat, bei dem alle Teile miteinander harmonisch übereinstimmen müssen. Dann kann am Ende auch kein Unrechtsbewußtsein entstehen. Vielleicht. Möglich.« Er zuckte mit den Achseln und nickte gleichzeitig.

»Und warum bringt er dann nicht auch mich um, wenn ich mal sage, daß seine Musik zu laut ist?«

»Och, Sie sind kein Hindernis, Obergefreiter. Er kann ja am nächsten Tag weitermachen. Wenn Wilsing aber den Baum fällt, kann er überhaupt nie mehr weitermachen.«

Der Arzt spielte mit seinem Bierglas; er starrte hinein wie in eine Kristallkugel. »Bleibt nur noch die Frage: Warum hat er es ausgerechnet am letzten Mittwoch getan?«

»Auch das ist klar. Ein Mittwoch mußte es sein, wegen Wilsings Gewohnheiten. Und viel früher war es nicht nötig und nicht möglich, denn Wilsing hat ja gerade erst die Apotheke überschrieben, wollte also früher nicht umziehen, denke ich mir. Und viel länger warten konnte der Komponist auch nicht, weil sonst vielleicht schon alles zu spät gewesen wäre.« Er räusperte sich. »Außerdem, nicht zu vergessen – Mittwoch war Neumond, es war dunkel im Park. Sie hockten vor dem Fernseher, die meisten anderen waren entweder krank oder haben krankhaft gesungen – ein idealer Tag, um nicht gesehen zu werden.«

»Also«, sagte der Arzt langsam, »ich bin überzeugt.«

»Das freut mich.«

»Man sieht – die alte Liturgie ...« Der Arzt nickte ihm zu, beinahe amtsbrüderlich.

Der Oberst erhob sein Glas. »Prost, Mann, auf Sie.«

Bargmann spreizte alle Finger. »Danke, danke, Sie machen mich ganz verlegen, Herr Verteidigungsminister.«

Der Arzt zwinkerte. »Glückwünsche zum geklärten Verbrechen. Wollen Sie nicht Profi werden?«

»Nein – Sünden reichen mir, wissen Sie. Die muß ich mir dauernd anhören. Verbrechen, das muß nicht auch noch sein.«

Der Oberst setzte sein Glas wieder ab. »Und was machen wir jetzt damit?«

»Nichts. Wir können doch nichts beweisen.«

»Außerdem«, warf der Arzt ein, »so sehr geliebt haben wir Wilsing ja alle nicht.«

Der Oberst schnalzte mit der Zunge. »Na ...«

»Nun werden Sie nicht puritanisch, lieber Oberst. Was wird, wenn wir es melden, die Kripo wohl zu einem Motiv in der Zukunft sagen, eh?« Bargmann starrte den Obersten unter zusammengekniffenen Brauen an.

Der Arzt griff zu den Karten. »Ich glaube, ich mische schon mal. Sonst kommen wir in der nahen Zukunft nicht mehr zum Skat.«

Albrecht sah ihm bei dieser heiligen Handlung zu. »Also nichts zu machen?«

Bargmann nahm seine Karten auf, sortierte sie und verzog schmerzvoll das Gesicht. »Nichts. Entsetzliches Blatt, Doktor. Wie gesagt, nichts. Keine Spuren. Ein Motiv in der Zukunft. Tatwaffen, die dem Opfer gehörten oder im Besitz des Täters nicht auffallen. Gelegenheit und Alibi gleichzeitig. Ich schlage vor, wir trinken auf den Mörder, der sein kompositorisches Problem hervorragend gelöst hat.« Er hob sein Glas.

Albrecht öffnete den Mund, als ob er noch etwas sagen wollte; dann ergriff er sein Glas und sagte lediglich: »Na denn, prost.«

Der Arzt klopfte auf den Tisch. »Sie reden, Albrecht. Nun sagen Sie doch was.«

»Achtzehn.«
Der Pfarrer seufzte. »Ja.«
»Zwanzig.«
»O ja.«
»Zwei.«
»Ah ja.«

Das Triumvirat denkt

1

Der zweite Teil von Bachs Ouvertüre (Suite) Nummer drei D-dur wallte durch den Raum. Gelegentlich setzten dumpfes Rumpeln und Gejohle von der Kegelbahn Akzente. Der Wirt war nicht zu sehen; niemand störte die einzigen Gäste.

Der Geistliche mit dem Pferdegesicht zählte seine Punkte, warf die Karten auf den Tisch, reckte den rechten Arm hoch und schlenkerte empört mit dem Ärmel seiner Soutane. »Oh, oh, oh. Das furchtbarste Spiel seit langem. Warum mußten Sie diese dumme Neun aufheben, Doktor?«

Korff lächelte sanft. »Eine Frage der Intelligenz, mein Lieber. Ihr Grand-Hand war teuflisch leichtsinnig.«

»Wie man's nimmt. Wer kann denn ahnen, daß ein verzweifelt mitspielender Mediziner aus reiner Dummheit eine Neun behält und damit den letzten Stich macht?«

Der Oberst wackelte mit dem Kopf. »Vergessen Sie nicht meine geschmierte Zehn, Bargmann.«

»Außerdem – was heißt hier aus reiner Dummheit? Sie sind Weltmeister im Verdrehen, Bargmann. Es war unsere Intelligenz.« Die Stimme des Arztes klang vorwurfsvoll.

»Nett, daß Sie von Ihrer Intelligenz in der Vergangenheit reden.«

Albrecht schob seine Karten in die Mitte. »Wieviel haben Sie denn gekriegt?«

»Achtundfünfzig. Furchtbares Spiel. Sagen Sie mal – ob

45

die diese Trauermusik wegen des Kartenspiels aufgelegt haben? Sonst gibt's doch hier immer Hembahemba.«

Der Arzt gluckste. »Ich weiß nicht, was Sie mit Hembahemba meinen, aber das ist keine Trauermusik, sondern Bach.«

Albrecht grinste. »Und wegen Ihrer miserablen Skatkünste ändert der Wirt nicht sein Musikprogramm, Eminenz.«

»Ha-ba-ba. Sie, Oberst, sollten sich zurückhalten. Wer hat denn da vorhin aus dem Durchmarsch einen Durchfall gemacht?«

»Sie sind zänkisch, Bargmann. Hören Sie mit dem Nachkarten auf. Aber was die Musik angeht, wirklich arg feierlich. Man traut sich kaum, ein Bier zu bestellen.«

Bargmann formte mit seinen knochigen Händen einen Schalltrichter vor dem Mund, zielte allgemein in Richtung Tresen und Tür zur Küche und brüllte: »Wirt! Noch ein Ründchen! Vom alten selben!«

Korff verzog schmerzlich das Gesicht. Dann seufzte er. »Übrigens kann ich Ihnen den Grund für die gehobene Musik nennen. Der Wirt hat einen Kater.«

Bargmann blickte ihn todernst an. »Ich wußte gar nicht, daß Bach gegen Alkohol hilft. Interessant, nicht wahr, Albrecht?«

Der Oberst nickte. »Sehr. Ersetzt Bach den Rollmops?«

»Sie sollten einen armen alten Arzt ausreden lassen. Der Wirt hatte einen richtigen leibhaftigen Kater. Übrigens ein widerliches Vieh.«

Bargmann zupfte an seiner Nase. »Meinen Sie dieses räudige Geschöpf mit O-Beinen, das manchmal durch den Schankraum streicht?«

Der Oberst strahlte und klopfte auf den Tisch. »Ein ausgezeichnetes Selbstporträt, Hochwürden.«

Korff runzelte die Stirn und blickte vergrämt. »O je. Der Abend kann ja heiter werden, wenn Sie beide in dieser Laune sind. Aber im Prinzip haben Sie es erfaßt. Ich meine diesen furchtbaren alten Kater. Bloß streicht er nicht mehr durch den Schankraum; er ist fort.«

Der Oberst zwinkerte. »Sie wollen uns doch nicht einreden, Doktor, daß der Wirt Trauermusik spielt, weil ihm sein alter Kater abhanden gekommen ist?«

»Doch. Er hat sehr an ihm gehangen. Das ist wie ein Trauerfall in der Familie. Fragen Sie den Wirt doch selbst, wenn Sie mir nicht glauben.«

Albrecht schnalzte mit der Zunge. »Wir werden uns hüten. Nein, wir mischen uns doch nicht in fremde Familiengeschichten.«

»Außerdem ist die Geschichte viel zu schön«, sagte der Pfarrer. »Sie verlöre Ihren beträchtlichen Charme, wenn man sie etwa für bare Münze nähme und überprüfte.«

Korff zuckte mit den Achseln. »Bitte sehr, ganz wie Sie meinen. Aber es stimmt. Der Kater ist weg, deshalb ist eine Bach-Kassette im Gerät.«

Albrecht hüstelte. »Nun, dann wissen wir es ja. Wer gibt?«

»Der Pfarrer.«

»Walten Sie, Fürstbischof. – Bargmann! – Bargmännchen, worauf warten Sie?« Mit einer Miene des Widerstrebens zupfte Albrecht am Ärmel der Soutane.

Der Pfarrer zuckte zusammen und riß seine Augen von einem Punkt irgendwo über dem Tresen los. Darunter stand inzwischen der Wirt, feist und grämlich, und zapfte.

»Ah, eh, entschuldigen Sie, ich war ganz in Gedanken.«

Mitfühlend fragte Albrecht: »Hat es wehgetan?«

»Medizinisch kaum vorstellbar.« Korff schüttelte den Kopf.

»Was? Daß ich denke oder daß es weh tut, wenn ich denke? Oder wem es weh täte, falls ich dächte? Oder wie?«

Korff hob den Zeigefinger der Rechten. »Selten oder nie benutzte Teile atrophieren und werden mit der Zeit gefühllos. Wenn Sie also ausnahmsweise denken, Bargmann, kann es kaum weh tun.«

Bargmann lächelte ihm zu. »Reizend. Sehr reizend.«

»Und überzeugend, finde ich.« Der Oberst nickte ernsthaft. »Woran haben Sie denn gedacht?«

»Ich habe gedacht an die wunderliche Vielfalt der Geschöpfe. Und daran, daß selbst der widerlichste Kater noch jemanden findet, der zu ihm hält. Bei Menschen ist es ähnlich.«

»Sie spielen offensichtlich darauf an, daß Korff und ich trotz allem jeden Dienstagabend mit Ihnen Skat spielen.«

»Mitnichten. Ich dachte an ein verschwundenes Mitglied meiner Gemeinde.«

Albrecht kicherte. »Hatte es auch Räude und O-Beine?«

Bargmann warf ihm einen schrägen Blick zu und strahlte dann den Wirt an. »Ah, da kommt unser Bier. – Prost, Gentlemen.«

Korff hob sein Glas. »Selber Prost.«

»Sie mich auch«, sagte Albrecht. »Also, was ist mit dem Verschwundenen?«

Bargmann wischte sich mit dem Ärmel der Soutane Bierschaum von den Lippen. »Tja, er ist futsch. Keiner weiß weshalb, niemand vermißt ihn, aber alle tun, als wären sie traurig.«

Der Oberst kniff ein Auge zu und starrte mit dem anderen in sein Glas. »Hm – Mitglied Ihrer Gemeinde, sagen Sie, Bargmann? Vielleicht ist er verschwunden, weil er nicht länger jeden Sonntag durch Ihre Visage von der Gottesschau abgelenkt werden wollte.«

Bargmann kratzte sich den Hinterkopf. »Das wäre neu. Der Mann war ein sehr solider Frömmler und immer vorn in der ersten Bank. Manchmal hatte ich den Eindruck, er kennt die Messe besser als ich.«

Albrecht hob die Schultern. »Ich weiß nicht, wie schlecht Ihre Kenntnisse der Messe sind, Bischof.«

»Um wen geht es?« sagte der Arzt. »Kenne ich ihn? Unser Ort ist ja nicht eben groß.«

»Ich glaube schon, daß Sie ihn kennen, Doktor. Zumindest dürften Sie vor ein paar Monaten von seinem Verschwinden gelesen haben. Es geht um den Bauunternehmer, Hubert Morgenthal.«

Korff nickte. »Ah ja, davon habe ich gelesen. Ist das schon wieder Monate her?«

»Also, mir sagt der Name nichts. Ich habe nichts davon gelesen«, knurrte Albrecht.

»Das heißt nichts, Sergeant. Was haben Sie schon gelesen!«

Der Arzt klopfte wieder auf den Tisch. »Bargmann, bleiben Sie bei der Sache! Morgenthal ist also noch immer verschwunden?«

»Exakt, Medicus. Sie sagen es. Und das seit vier Monaten.«

Albrecht warf ein: »Ziemlich lange für unerlaubte Entfernung von der Truppe. – Aber wie ist es möglich, daß Sie als papistischer Schamane eines Ihrer Schäfchen für einen Frömmler halten? Ich denke, niemand kann dem Vatikan je fromm genug sein.«

»Bin ich der Vatikan? Nein, bin ich nicht, wie Sie unschwer erkennen. Mir fehlt zum Beispiel die güldene Kuppel des Petersdoms. Und was Morgenthal angeht ... Wissen Sie, meine Oma sagte immer: Alles, was mit *zu* ist, ist ungesund – zu viel, zu wenig, zu laut, auch zu fromm. Und in der exzessiven Form, in der Morgenthal die Frömmigkeit betrieben hat, grenzt sie schon ans Sündhafte.« Bargmann grinste.

Der Oberst hob die Brauen. »Das ist schön. Stellen Sie jetzt den neuen Katalog der Todsünden auf? Nicht nur Völlerei und Hoffart, nein, auch Frömmigkeit?«

»Zur Sache!« sagte Korff. »Ich finde das Verschwinden von Hubert Morgenthal viel interessanter als Ihre Spitzfindigkeiten. Wie ist er denn verschwunden? Ich meine, hat jemand was gesehen? Hat Morgenthal sich einfach in Luft aufgelöst?«

Albrecht deutete an die Decke. »Ist er gen Himmel gefahren?«

Bargmann verschränkte die Arme vor der Brust. »Er hat nachmittags gegen halb sechs seine Baufirma verlassen und ist nach Hause gefahren. Dort hat er gegen neun Uhr gesagt, er müsse noch mal kurz weg. Kurz nach neun hat jemand seinen Wagen in der Nähe des Bahnhofs gesehen – der Mann von der Würstchenbude, genauer. Und seitdem niemand mehr.«

Der Oberst setzte eine skeptische Miene auf. »Und der Mann von der Würstchenbude am Bahnhof ist ganz sicher, daß es Morgenthals Würstchen war? Eh, ich meine natürlich sein Wagen.«

»Ja. Morgenthal hatte ein auffälliges Auto – einen älteren Diesel mit zerbeultem Kotflügel und einer fiesen Farbe.« Bargmann lächelte und blickte die beiden nacheinander an. »Rosa-metallic.«

Der Arzt schüttelte sich theatralisch. »Igitt.«

»Das ist bestimmt auffällig, das gebe ich zu.« Albrecht nickte. »Aber wieso fährt ein Bauunternehmer mit einem zerbeulten Wagen? Kann er sich die Reparatur nicht leisten?«

Bargmann lächelte, legte die Hände zusammen, als wolle er für Dürer posieren, und deponierte die Nase auf den Kuppen der Mittelfinger. »Ich bin wie immer erstaunlich gut informiert, Oberst. Deshalb kann ich Ihnen auch diese Frage beantworten. Morgenthal hat vor einem halben Jahr einen Unfall gehabt, war fast einen Monat im Krankenhaus und dann zur Kur. Und ein paar Tage nachdem er wieder zu Hause war, ist er endgültig verschwunden. Bestimmt hätte er den Wagen reparieren lassen, früher oder später, aber er ist einfach noch nicht dazu gekommen.«

Korff schüttelte den Kopf. »Liebe Zeit – jemand hätte das Auto doch zur Werkstatt bringen können, während der Mann im Krankenhaus war.«

»Hätte schon. Morgenthal hat aber keinen an sein Auto rangelassen. Seine Frau, zum Beispiel, hat vor der Ehe einen Führerschein gemacht, aber seit sie mit Morgenthal verheiratet ist, kein Auto mehr gefahren, fahren dürfen.«

Der Oberst legte beide Hände um sein Bierglas und schüttelte langsam den Kopf. »Nettes Kerlchen, dieser Herr Bauunternehmer.«

»Ach, das ist noch nicht alles. Er war da sehr strikt – von wegen das Weib folge dem Manne nach und so. Seine Frau hat auch nie Einblick ins Geschäft bekommen. Und er hat drei Töchter – achtzehn, sechzehn und vierzehn Jahre alt.«

Albrecht sagte tiefernst: »Er scheint in regelmäßigen Abständen zu Hause gewesen zu sein.«

Bargmann blickte ihn fragend an. »Was? Ach so.« Er lächelte. »Also, die Töchter. Alle drei sind bei den Mildherzigen Schwestern auf der Nonnenschule. Die Älteste macht demnächst Abitur. Sie möchte wohl studieren, aber Morgenthal meint, Frauen gehören ins Haus, nicht auf die Universität oder gar in den Beruf.«

»Also, wirklich ein liebenswerter Charakter«, sagte der Arzt.

»Ja, nicht wahr? Als er damals in Kur war, ist seine älteste Tochter einmal in die Diskothek gekommen, die wir samstags im Pfarrheim einrichten. Sonst durfte sie nicht mal in die *katholische* Disko. Von anderen Dingen ganz zu schweigen.«

Der Oberst formte stumm mit den Lippen die Worte »andere Dinge«, hob eine Braue und begann, wortlos mögliche Zerstreuungen an den Fingern abzuzählen.

Korff sagte nachdenklich: »Ich habe mich immer gefragt, wieso er sich da draußen so einen Kasten hingesetzt hat.«

Albrecht sammelte seine Finger wieder ein. »Wovon reden Sie?«

»Von seinem Haus, draußen am Heldenbusch. Ich komme da oft vorbei, wenn ich Krankenbesuche auf dem Lande mache. Da hat Morgenthal sich ein Haus gebaut, aber was für eins! Kennen Sie das denn nicht, Oberst? Sie gehen doch schon mal da draußen spazieren.«

»Ist das etwa dieses Monstrum mit der langen Mauer?«

»Genau. Ein richtiger Familienbunker mit großem Garten und einer hohen Mauer rings herum – damit niemand die Heiligkeit der Familie antasten kann. Und keine Nachbarn weit und breit.«

Der Pfarrer legte die Hände flach auf den Tisch. »Und aus diesem Haus ist er abends gegen neun weggefahren. Er wollte nur kurz wegbleiben, wie er gesagt hat. Als er um Mitternacht nicht zurück war, hat die Frau bei der Polizei angerufen und sich erkundigt, ob irgendwo ein Unfall stattgefunden hätte.«

Der Oberst starrte finster in die Gegend. »Hat er vielleicht irgendwem gegenüber Andeutungen gemacht, daß er verschwinden will? Sich anders benommen als sonst?«

»Nein, soviel ich weiß«, sagte Bargmann. »Angeblich hat er in den letzten Tagen in der Firma ein paar neue Projekte in Gang gebracht, um die er sich selbst kümmern wollte. Und er hat in seinem Garten gebuddelt, weil er ein paar neue Bäume pflanzen wollte.«

»Schon wieder so ein Gartenliebhaber. Davon scheint es hier sehr viele zu geben.« Der Arzt blickte Albrecht an, fast auffordernd.

Der Oberst ließ die Mundwinkel sinken. »Die Gemüsefreaks sind unter uns. Aber das paßt natürlich. Morgenthal hat drei Töchter gezeugt, wenn ich Sie recht verstanden habe. Nun pflanzt er Bäume. Dann muß er nur noch einen Feind töten, und man wird ihn in den Senat aufnehmen. So war es früher jedenfalls mal üblich.«

Der Pfarrer stülpte die Lippen vor. »Sieht aber so aus, als ob ein Feind *ihn* erwischt hätte, wie?«

Korff besann sich auf Tugend und Haltung des Arztes. »Bah, wie makaber. Sind Sie denn so sicher, daß er tot ist?

Er könnte doch auch einfach beschlossen haben, zu verschwinden und ein neues Leben anzufangen.«

Bargmann musterte ihn skeptisch. »Das paßt nicht zu ihm. Aber was paßt schon zu wem? Eine *midlife-crisis* bei Hubert Morgenthal meinen Sie also?«

»Was auch immer«, sagte der Oberst, »jedenfalls ist er futsch, oder? Und dafür muß es doch Gründe geben.«

»Ja, sicher.« Bargmann nahm die Finger der Rechten als Abakus. »Aber erstens: Wie viele Leute verschwinden jedes Jahr spurlos? Zahllose, glaube ich. Und zweitens: Wir wissen zu wenig über Morgenthal und sein Verschwinden, also sind alle Mutmaßungen müßig. Drittens:...«

Albrecht hob die Hand. »Moment mal. Haben Sie nicht vorhin erzählt, er war nach seinem Unfall im Krankenhaus und dann auf Kur? Was halten wir denn vom berühmten Kurschatten?«

»Wie meinen Sie das?« sagte Korff.

»Na, vielleicht hat er bei der Kur eine Frau kennengelernt, die ihn von seinem exzessiven Katholizismus geheilt hat. Und jetzt macht er sich mit ihr ein fröhliches Leben.«

Der Pfarrer seufzte. »Wie auch immer – wir wissen zu wenig. Allerdings, hm, ich kenne da ein paar Leute...«

»Wen?«

Albrecht breitete die Arme aus. »Das fragen Sie, Korff? Wir wissen doch alle, daß der Vatikan seinen eigenen Geheimdienst hat. Bargmann kennt bestimmt die Kusine vom Nachtportier des Krankenhauses, in dem die Tante von Morgenthals Urgroßmutter geboren wurde.«

Korff und Albrecht lachten; Bargmann schmunzelte, legte dann den Zeigefinger auf den Obersten an.

»Das Schlimme mit Ihnen, Oberst, ist, daß Sie seit Ihrer Pensionierung noch dümmer geworden sind.«

»Können Sie das präzisieren, damit auch ich es verstehe?«

»Mit Vergnügen. Sie tun das gleiche wie vorher, nämlich: nichts von Bedeutung. Aber vor der Pensionierung hat man

Ihnen dabei auf die Finger geschaut, das hat alles im Rahmen des Erträglichen gehalten. Seit niemand mehr Sie beaufsichtigt, ist es nicht auszuhalten. Was machen Sie eigentlich im Moment?«

Schleppend, als handele es sich um etwas Peinliches, sagte Albrecht: »Ich schreibe eine Geschichte des Steigbügels und seiner Bedeutung für die Kriegs- und Weltgeschichte. Warum? Seit wann interessiert Sie, was ich mache?«

»Ich versuche nur, in Ihren Tätigkeiten einen Hinweis auf die Natur Ihrer Geisteskrankheit zu finden. Was meinen privaten Geheimdienst angeht – vielleicht kriege ich bis zur nächsten Woche noch was raus.«

Albrecht nickte. »Das sollte mich nicht wundern. In unserem stillen Örtchen bleibt ja nichts lange verborgen. Vermutlich kommt am Ende sogar die Kirche dahinter.«

Korff blickte versonnen auf seine Finger. »Eigentlich seltsam, was auf dem Land so alles passiert.«

Der Pfarrer nickte ergeben und sprach wie zu einem quengelnden Kind: »Eine Feststellung von tiefer Nachdenklichkeit, Doktor. Das Leben auf dem Lande ist voll von überraschenden Wiederholungen. Wiederholungen.«

»Was meinen Sie, Korff?« sagte der Oberst. »Das Verschwinden von Katern und Bauunternehmern?«

»Nein, ganz allgemein Verbrechen auf dem Lande. Nicht weit von hier, in einer kleinen Stadt am Niederrhein, haben sich auch so ein paar Dinge ereignet; eines davon ist ein derart mysteriöses Verbrechen, daß es wohl ewig ungeklärt bleiben wird.«

Der Oberst lehnte sich zurück. »Aha. Die nächste Horrorgeschichte.«

»Ja. Da hat ein Bauer mit Sorgfalt und Methode seine ganze Familie und zum Schluß sich selbst umgebracht, und keiner weiß warum.«

Bargmann blinzelte schnell. »Vielleicht war er einfach ein methodischer, sorgfältiger Mann, Ihr Bauer.«

»Das meine ich nicht. Ich meine: Keiner weiß, weshalb er die anderen und sich selbst umgebracht hat. Einen nach dem anderen. Beginnend mit dem Sohn, der mittags um zwölf aus der Schule kam. Dann die Tochter, um eins. Dann im Stundentakt die weiteren Söhne und Töchter. Schließlich hat er seine Frau angerufen, die in der Stadt bei Bekannten war, und gesagt, sie soll sofort nach Hause kommen; es wäre wichtig. Als sie nach Hause kam, hat er auch sie erschossen und dann sich selbst. Und er hat kein Testament, keinen Brief, kein Bekenntnis hinterlassen. Nichts.«

Bargmann legte einen Finger an die Nase. »Wozu auch? Das hätte keinen mehr lebendig gemacht. Und das Leben ist so voller Rätsel, daß man sie auch dem Tod zubilligen sollte.«

»Na ja. Aber ich bin noch nicht fertig. Im gleichen kleinen Ort gab es eine liebe Oma, die ihren Enkeln immer viel Geld geschenkt hat. Sie hat nach und nach mehrere Ehemänner, Onkel und sonstige Verwandte mit E 605 beseitigt und jeweils beerbt, aber von dem Geld nichts für sich behalten. Na? Ist das nicht ein Motiv? Massenmord aus Zuneigung zu den Enkelkindern?« Der Arzt strahlte, als hätte er dies alles eben erst erfunden, um seine Bekannten zu verblüffen.

»Hatte Morgenthal Enkel, von denen wir nichts wissen, oder warum erzählen Sie uns das?« sagte Albrecht seufzend.

»Ich erzähle das nur, um festzustellen, daß es mehr Dinge zwischen Himmel und Erde gibt ...«

»... als anderswo. Ich weiß.« Bargmann grinste.

»Quatsch. Daß es mehr finstere Dinge in kleinen Orten gibt, als die Leute sich vorstellen.« Korff machte eine vieldeutige Handbewegung. »Gemeinhin denkt man ja bei Gewaltverbrechen eher an düstere Großstadtstraßen.«

Albrecht murrte: »Ich denke grundsätzlich ungern ...«

»Was wir alle wissen«, sagte Bargmann.

»... an düstere Großstadtstraßen. Nicht mal im Zusammenhang mit Morden.«

»Und dann«, fuhr Korff fort, »gab es da noch die beiden alten Freunde, die über gemeinsame Finanzen in Streit geraten sind. Sie waren im Büro des einen, und der hat plötzlich die Pistole aus der Schreibtischschublade gezogen und den anderen erschossen.«

Bargmann heuchelte heftiges Erstaunen. »So einfach über den Schreibtisch weg!?«

»Ja. Toll, nicht wahr?«

Der Oberst schnaubte. »Nein, normal. Toll wäre es, wenn er ihn auf die kurze Entfernung verfehlt hätte. Sind Sie jetzt fertig mit Ihren Kleinstadtmorden?«

»Im Prinzip ja. Ich wollte damit insgesamt nur sagen: Wir wissen nichts über unsere Mitmenschen.«

»Als Pfarrer und Beichtvater widerspreche ich Ihnen heftig, Doktor. Ich weiß jedenfalls genug, um keinerlei Illusionen zu haben.«

Albrecht klopfte auf den Tisch. »Meine Herren! Das Bier wird schal; die Skatkarten haben lange genug geruht; das Verschwinden von Hubert Morgenthal können wir sowieso nicht klären. Sollen wir vielleicht wieder ein bißchen spielen? Zur Abwechslung?«

»Von mir aus«, sagte Korff. »Aber ich finde das alles sehr interessant. Bargmann, sehen Sie doch mal zu, ob Sie bis nächsten Dienstag mehr herauskriegen.«

»Ich will zusehen, was ich machen kann. – Wer gibt?«

Albrecht schob ihm die Karten hin. »Immer der so saudumm fragt.«

Bargmann nahm die Karten auf. »Aha. Na gut.« Er begann zu mischen. »Ich gebe gern, denn erstens ist Geben seliger denn Nehmen, und zweitens waren die Karten, die Sie beide mir zuletzt gegeben haben, so miserabel, daß ich sie nur unter Aufbietung aller Nächstenliebe habe annehmen können.« Er teilte aus.

Der Arzt sortierte seine Karten, stöhnte mehrfach, legte sie dann wieder als Häufchen auf den Tisch und blickte den

Pfarrer an. »Mensch, Bargmann, was haben Sie sich da bloß wieder zusammengemischt?«

»Jedem das, was er verdient, Doktor. Sie reden.«

Der Oberst grunzte. »Für solche Karten sind schon ganz andere Leute erschlagen worden, Bischof.«

»Schauen Sie nicht so sauertöpfisch drein, *mon colonel*. Sonst bringt man Sie um und begründet es auch noch unwiderleglich.«

Korff hatte seine Karten wieder aufgefächert, legte sie nun an die Nasenspitze und spähte darüber hinweg. »Und wie?«

»Na – schauen Sie sich doch sein Gesicht an, Doktor. Wenn jemand den Obristen tötet und dazu als Begründung anführt: ›Unser Dorf soll schöner werden‹, da kann ihm doch keiner widersprechen, oder?«

»Sehr witzig. Genau wie die Karten. Ich passe, Albrecht.«

»Dann sind Sie dran, Monsignore.«

»Oho. Na denn, Achtzehn.«

Albrecht nickte. »Und ob!«

Bargmann blickte zweifelnd in sein Blatt, raffte sich dann auf. »Zwanzig.«

»Und wie!«

2

Bargmann warf den Pikbuben auf den Tisch, lächelte ihm zu, legte dann den Kopf schief und schaute Albrecht an. »Und das liebe kleine As, Oberst? Ei, wo ist es denn? Da kommt es ja. – Schauen Sie mal, was ich hier noch habe. Den Karo-Knaben. Danke, meine Herren.«

Der Wirt hatte eben eine neue Kassette in sein Gerät geschoben und wandte sich nun wieder den Zapfhähnen zu. Die ersten Takte von Händels Sarabande wurden in den Raum gewuchtet.

Der Oberst zählte seine Punkte und warf die Karten hin. »Einmal sollen Sie auch gewinnen dürfen, Eminenz.«

Bargmann schrieb auf; dann schaute er wehmütig zum Tresen. »Und bisher war es so schön still; jetzt geht die Trauermusik wieder los. Bach, oder wer auch immer das ist.«

Der Arzt blickte ihn verweisend an. »Händel, Hochwürden, Händel.«

Bargmann grinste. »Suchen Sie Streit, Doktor? Sie klingen so händelsüchtig. Ist das immer noch Trauermusik für den entlaufenen Kater?«

Korff nickte. »Ja. Obwohl ich es beleidigend finde, Händels triumphierende Sarabande als Trauermusik für einen räudigen Deserteur einzusetzen.«

Bargmann legte den Kugelschreiber weg. »Übrigens ist mir ein Grund für das Verschwinden des Katers eingefallen. Der sich allerdings Ihrer Scharfsicht entziehen dürfte, meine Herren, weil Ihnen das nötige Einfühlungsvermögen fehlt.«

Der Oberst blickte ihn finster an und machte eine obszöne Geste. »Dann führen Sie uns doch den Finger beim Einfühlen.«

»So ein Kater hat, anders als ein alter Priester, kein Gelübde abgelegt. Folglich gibt es keinen zwingenden Grund, den Zölibat einzuhalten. Für einen Kater, meine ich. Vielleicht ist gerade Hochsaison bei Katzen ...«

Der Oberst machte kollernde Geräusche tief in der Kehle. »Möglich. Aber höre ich da Neid in Ihrer klerikalen Stimme?«

Korff beugte sich vor. »Bargmann, Sie wollten doch versuchen, mehr über den Bauunternehmer, Morgenthal, zu erfahren.«

»Ach ja. Gibt's was Neues?« Albrecht heuchelte Interesse.

»Wie man's nimmt. Morgenthal zeichnet sich immer noch durch eine Abwesenheit aus, die in dieser intensiven Form ungewöhnlich ist. Aber ich weiß inzwischen ein bißchen mehr.«

Der Oberst rümpfte die Nase. »Woher, Unwürden?«

»Na, zum Beispiel wissen die Damen vom Kaffeekränzchen im Altenheim immer mehr als die Polizei und die Zeitung zusammen. Und es gibt Leute, die nie ohne einen kleinen Schwatz an mir vorbeigehen können.«

Albrecht riß die Augen auf: ein Bild ungeheuren Erstaunens. »Das verstehe, wer will. Ich würde nicht mit einem kleinen Schwatz, sondern mit einem großen Bogen an Ihnen vorbeigehen.«

»Woher wollen Sie den denn nehmen, General? Sie sind demobilisiert. Außerdem haben Sie keine Pfeile; damit wäre auch der größte Bogen nutzlos.«

Korff ächzte. »Zur Sache! Was haben Sie rausgekriegt?«

»Fassen wir zusammen.« Bargmann klopfte bei den einzelnen Punkten auf den Tisch. »Morgenthal hat einen Unfall; sein Wagen wird zerbeult. Er muß ins Krankenhaus, danach zur Kur. Er kommt zurück, ist ein paar Tage in der Firma, verschwindet abends gegen neun von zu Hause, wird noch einmal in seinem auffälligen Wagen gesehen und bleibt verschwunden. Soweit waren wir, nicht wahr?« Er blickte die anderen an; sein Gesicht war ein gewaltiges rhetorisches Fragezeichen.

»Richtig«, sagte Albrecht. »Und wir hatten vermutet, daß der frömmelnde Herr Morgenthal, der seine Frau und Töchter gängelt, vielleicht bei der Kur eine nette Frau getroffen und sich zu ihr verkrümelt hat.« Dabei nickte er, beinahe billigend.

»Ja. Aber – wovon soll er nun fast vier Monate lang gelebt haben?« sagte Bargmann lauernd.

»Ah!« machte der Arzt. »Hatte er kein Geld bei sich?«

»Eben, das ist überprüft worden. Vielleicht hatte er ein paar Hunderter, mehr aber nicht.«

Der Oberst blickte irritiert. »Keine Schecks? Kreditkarten? Konten im Ausland? Es gibt viele Möglichkeiten.«

»Die gibt es, aber sie treffen nicht zu. Seit Morgenthal

verschwunden ist, hat niemand etwas von seinen Konten abgebucht. Er hat kein Geld mitgenommen und seitdem nichts abgehoben.«

Korff fuhr mit der Mittelfingerkuppe um den Rand seines Bierglases. »Der Oberst hat was von Auslandskonten gesagt.«

»Ja, aber das ist unwahrscheinlich. Sehen Sie – Morgenthal war ein rechtschaffener Geizhals. Er hat immer dafür gesorgt, daß die Bücher in Ordnung waren. Die Firma, also er selbst, hat ihm monatlich sein Gehalt überwiesen; weiteres Geld hat er nicht bezogen. Er hat auch keine Firmengelder ins Ausland transferiert. Und von seinem Gehalt konnte er gut leben, mit seiner Familie, aber sicher keine großen Summen ins Ausland verschieben. Ich frage Sie und mich also: Wovon hat er in den letzten Monaten gelebt?« Er blickte die anderen forschend an.

Albrecht schlug vor: »Vielleicht hat er jemanden erpreßt und das erbeutete Geld in der Schweiz oder auf den Bahamas versteckt? Vielleicht hat der Erpreßte ihn umgebracht?«

Mit todernstem Gesicht sagte Bargmann: »Hihihi.«

»Was gibt's da zu lachen, Mann?«

»Das kann *ich* Ihnen sagen, Oberst.« Über müde Tränensäcke hinweg blickte Korff ihn an; er schien jedoch eher das wuchtige Kinn mit der Kerbe anzureden als Albrecht persönlich. »Sie müssen sich schon entscheiden. Entweder hat Morgenthal erpreßt und lebt von der Beute, oder der Erpreßte hat ihn umgebracht, dann lebt Morgenthal *nicht* mehr von der Beute. Beides zusammen geht nicht.«

Bargmann zwinkerte mit seinen hellen Augen. »Wir können eine Rechnung mit mehreren Unbekannten nicht dadurch lösen, daß wir noch zwei Unbekannte hinzuerfinden. Nein, wir müssen uns an das halten, was wir wissen.« Sein Tonfall glich dem eines Mathematik-Nachhilfelehrers gegenüber einem besonders unbegabten Schüler.

»Und was ist das schon?« sagte Korff. »Nichts, außer,

daß er weg ist und kein Geld abgehoben hat. Seit vier Monaten.«

Albrecht hob eine Braue. »Das legt den Schluß nahe, daß er inzwischen verhungert ist.«

Der Arzt starrte ins Leere. »Moment mal.«

Die anderen schwiegen. Schließlich sagte Bargmann: »Ein langer Moment ...«

»Was ficht Sie an, Korff?« sagte Albrecht eher uninteressiert.

»Mir kommt da gerade eine Idee.«

»Schon wieder?« Bargmanns Pferdegesicht sah aus wie kurz vor einem Gewieher.

»Lassen Sie ihn ausreden, Sie nörgelnder Novize.«

Langsam sagte der Arzt: »Eine Geschichte, die ich mal gelesen habe. Wie war doch gleich der Titel?«

Bargmann musterte ihn mitleidig. »Also, an das eine Buch, das Sie gelesen haben, werden Sie sich doch auch nach vierzig Jahren noch erinnern.«

»Ich hab's. Eine Geschichte von Hawthorne. Sie wissen schon, der mit dem *Scharlachroten Buchstaben.* Von dem gibt es eine kurze Erzählung, die heißt *Wakefield.* Darin beschreibt er, wie ein Mann sich morgens von seiner Frau verabschiedet, aus dem Haus geht, und dann überkommt ihn etwas, das er selbst nicht genau benennen kann. Er mietet sich eine Straße weiter ein Zimmer, sucht sich, glaube ich, eine andere Arbeit unter falschem Namen und geht nicht mehr nach Hause zurück. Manchmal kommt er abends an seinem Haus vorbei und schaut durchs Fenster; meistens sieht er dabei seine Frau. Immer wieder nimmt er sich vor heimzukehren, aber er schafft es nicht. Schließlich, nach vielen Jahren, ist er gerade auf der Straße, als es zu regnen beginnt. Und da geht er, einfach so, um aus dem Regen zu kommen, in sein Haus. Zwanzig Jahre oder so, nachdem er es verlassen hat. Und die ganze Zeit war er nur wenige hundert Meter entfernt.«

Bargmann nickte. »Aha.«

»Was heißt aha?« sagte der Arzt, fast empört.

»Ein Ausruf des Erstaunens, Doktor. Steht in jedem Wörterbuch.«

Der Oberst deutete mit dem Finger auf Korff. »Sie meinen also, Doktor, Morgenthal ist vielleicht ganz in der Nähe, hat nur keine Lust nach Hause zu gehen?«

»Wäre das nicht möglich?«

Der Oberst summte nachdenklich. »Ein neues Leben, eine neue Existenz? Sie meinen, daß Morgenthal eine Art *midlife-crisis* durchmacht und bei Null anfangen will?«

Der Arzt nickte. »So ähnlich. Das würde zum Beispiel erklären, weshalb er kein Geld abhebt – er arbeitet irgendwo, unter falschem Namen, um sich zu beweisen, daß er nicht zu alt ist, um neu anzufangen.«

Der Pfarrer lehnte sich zurück und faltete die Hände hinter dem Kopf. »Nette Idee. Aber wir sind hier in der Bundesrepublik, nicht bei Hawthorne. Wo ist der rosa-metallic-farbene Diesel mit dem zerbeulten Kotflügel?«

Der Arzt hob die Achseln. »Den hat er vielleicht verkauft.«

Bargmann schnaufte. »Das wüßte aber ein Straßenverkehrsamt, und dann wüßte es auch die Polizei. Und die weiß nichts.«

»Ich finde die Idee von Korff gar nicht schlecht«, sagte der Oberst halblaut. »Nehmen wir an, Morgenthal will neu anfangen, aber nicht unbedingt hundert Meter von seinem Haus entfernt.«

Korff blickte ihn aufmerksam an. »Sie meinen, Oberst, er ist in die nächste größere Stadt gegangen, um ein neues Leben zu beginnen?«

Bargmann beugte sich wieder vor und knallte die Ellenbogen auf den Tisch. »Ich mache spaßeshalber mit, meine Freunde. Wo kann er sein? Im Inland, im europäischen Ausland, in Übersee?«

Albrecht rümpfte die Nase. »In der Europäischen Gemeinschaft kann er sich frei bewegen; vielleicht ist er an der Grenze nicht einmal kontrolliert worden.«

Korff nickte zögernd.

»Ja«, sagte Bargmann gedehnt. »Aber es bleibt der Wagen. Morgenthal wird gesucht, nicht nur bundesweit. Ein rosametallic-farbener Diesel mit zerbeultem Kotflügel fällt auch in Frankreich auf.«

»Vielleicht«, sagte Korff langsam, »hat er den Wagen nur verwendet, um einen Flughafen oder eine Fähre zu erreichen.«

Der Oberst starrte ins Leere. »Dann müßte der Wagen seit Monaten auf einem Parkplatz stehen, und das wäre auch dem schläfrigsten Polizisten aufgefallen.«

Mit seinen Würstchenfingern zog der Arzt einen Halbkreis auf den Tisch. »Sie meinen, wir kommen nicht um den Wagen herum?«

»So ist es, Doktor.« Bargmann seufzte. »Morgenthal hat sein Haus mit dem alten Diesel verlassen, und seitdem ist auch der Wagen verschwunden. Wenn wir also Morgenthal finden wollen, müssen wir klären, was mit dem Wagen geschehen sein könnte.«

»Ausgeschlossen, daß er noch damit herumfährt?«

»Ziemlich, Oberst. Das Ding ist zu auffällig.«

Korff hob die Rechte. »Vielleicht hat er den Wagen irgendwo abgestellt, und er ist gestohlen worden, umgespritzt, mit neuen Kennzeichen versehen.« Es klang nicht sehr überzeugt.

Der Pfarrer hakte die Daumen in die Achselhöhlen und trommelte mit den knochigen Fingern auf dem Brustteil seiner Gewandung. »Das, teurer Freund, setzt einen gewissen Professionalismus voraus. Es gibt sicherlich überall Leute, die einen Wagen stehlen, umspritzen und mit neuen Nummernschildern versehen können, aber – das sind Profis. Und Profis klauen keinen alten Diesel. Sie klauen neue, unauffällige Karossen oder Luxuslimousinen.«

Der Arzt drehte sein halbvolles Bierglas hin und her. »Hm. Sie meinen also, nur ein Profi könnte den Wagen unauffällig verschwinden lassen – diesen Wagen aber würde kein Profi nehmen?«

»Genau.«

Der Oberst legt einen Finger an die Nase. »Versuchen wir es doch mal anders. Wer profitiert von seinem Verschwinden?«

Der Arzt nickte. »Ah ja, das wollte ich eben vorschlagen. Das berühmte alte *cui bono*.«

»Das ist Latein, Obrist«, sagte Bargmann gönnerhaft. »Und es heißt soviel wie: Was nützt es mir?«

»Blablabla.«

»Bargmann«, sagte der Arzt, »Sie kennen sich doch offenbar ganz gut aus in der Angelegenheit. Wer profitiert denn nun von Morgenthals Verschwinden oder Ableben?«

»Niemand. Das macht es ja so verwickelt.«

Der Oberst blickte ihn irritiert an. »Wieso niemand? Was geschieht denn mit der Firma?«

»Die Firma wird von einem Geschäftsführer weitergeleitet. Sie wird wie bisher jeden Monat Geld an die Familie überweisen. Für den Fall seines Todes hat Morgenthal angeordnet, daß die Baufirma – zunächst! – weitermacht wie bisher.«

Der Arzt scharrte mit dem Fuß am Tischbein. »Na gut, zunächst. Wie lange? Und was dann?«

»Tja, hm, also, hier wird die Sache nun wirklich – ja, merkwürdig. Morgenthal ist, wie ich Ihnen erzählt habe, ein sehr strikter Familienvater. Die älteste Tochter macht bald Abitur. Soweit ich weiß, wollte Morgenthal eine Art dynastischer Verbindung herstellen. Und zwar hat sein wichtigster Geschäftsfreund – oder Konkurrent, wie man's nimmt – einen dreiundzwanzigjährigen Sohn.«

Korff riß die Augen auf. »Sie wollen uns doch wohl nicht erzählen, der alte Morgenthal will seine Tochter mit dem

Sohn des Konkurrenten verheiraten? Wie im Mittelalter, was?«

Bargmann breitete die Arme aus, als ob er sagen wollte: Nun machen Sie mich nicht dafür verantwortlich. Er hüstelte. »Doch, so ähnlich. Und jetzt passen Sie auf. Das Testament sieht vor, daß die Firma bei Morgenthals Tod auf Tochter und Schwiegersohn übergeht.« Er machte eine lange Pause. »Wenn die Ehe bis dahin geschlossen wurde.«

Albrecht blinzelte. »Und?«

»Das wäre doch ein tolles Mordmotiv, oder?« sagte Korff. »Schwiegersohn killt Schwiegervater und erbt Firma ...« Er kicherte.

Der Pfarrer winkte ab. »Wenn es so wäre. Das hat aber einen Haken. Die Ehe zwischen Morgenthals Tochter und dem Sohn des Konkurrenten ist bisher nicht geschlossen worden.«

Der Arzt zog die Mundwinkel herab. »Aha.«

»Jawohl. Und da dies so ist, wird die Firma, falls Morgenthal nicht mehr auftaucht, nach einem Jahr von Treuhändern übernommen und gegen Rente verkauft. Das ist alles so geregelt, daß niemand viel daran verdienen kann.«

Der Oberst knirschte nachdenklich mit den Zähnen. »Was ist mit der Belegschaft? Und was mit der Familie?«

»Die Belegschaft«, sagte Bargmann, »soll übernommen werden, wenn der Laden verkauft wird. Und die Familie bekommt jeden Monat eine Art Gehalts- oder Rentenscheck.«

»Mit anderen Worten – niemand hat etwas davon.« Korff schien enttäuscht.

Bargmann nickte. »So ist es. Ein Mann mit auffälligem Auto verschwindet ohne Geld. Es gibt kein Motiv, ihn verschwinden zu lassen, und Morgenthal selbst hat kein Motiv, abzuhauen.«

Albrecht nahm einen Schluck und räusperte sich. »Dann bliebe also nur die kleine Freundin irgendwo.«

»Die kleine Freundin müßte irgendwo leben«, sagte Bargmann. »Und Morgenthal müßte sie irgendwo kennengelernt haben.«

Korff kniff die Brauen zusammen. »Eine erstaunlich plausible Annahme. Du liebe Güte.«

Bargmann reckte drohend den Arm. »Halten Sie doch die Klappe, Korff. Morgenthal ist seit Jahren kaum woanders als entweder im Büro oder zu Hause und in seinem Garten gewesen. Und wenn er weg war, dann mit Familie. Die einzige Möglichkeit, jemanden kennenzulernen, hätte er also bei seiner Kur gehabt, nach dem Unfall. Aber das ist überprüft worden, hat man mir versichert.«

Der Oberst zwinkerte. »Wer ist man?«

»Sie erwarten doch nicht, daß ich meinen Informanten, einen leitenden Mitarbeiter von Morgenthal, preisgebe, Herr Richter?« Bargmann grinste; die anderen kicherten. »Alle Personen, mit denen Morgenthal während seiner Kur Kontakt hatte, sind dort, wo sie sein sollten. Und keiner weiß was.«

»Was haben wir also?« Der Oberst hantierte mit seinen Fingern. »Einen verschwundenen Bauunternehmer, der keinen Grund hat, zu verschwinden. Es hat aber auch sonst niemand einen Grund, ihn verschwinden zu lassen. Keiner profitiert davon. Wo kann er also nur stecken?«

»Ich weiß es nicht, Captain.« Bargmann ächzte leise. »Eigentlich müßte er hier sein. Aber wir haben ja schon bei anderer Gelegenheit festgestellt, daß die Logik nicht das Leben ersetzt.« Er hob das Glas.

»Ich möchte«, sagte Korff langsam, »noch einmal auf diese Geschichte von Hawthorne zurückkommen. Ich bin immer mehr überzeugt davon, daß Morgenthal demnächst wieder auftaucht und daß er die ganze Zeit nicht weit von hier war und sich köstlich über die Suche amüsiert hat.«

Bargmann setzte das Glas mit einem Knall neben dem Bierdeckel auf den Tisch. »Morgenthal war weder ein amüsanter noch ein sich amüsierender Typ. – Aber meine Herren, ich finde, wir beenden diese müßige Debatte und kommen wieder zu den ernsten Dingen des Lebens. Skat und Bier.«

Albrecht leerte sein Glas, hob es und fuchtelte damit in Richtung Tresen. »Wirt! Drei Töpfchen vom schnellen Hellen!«

Der Arzt griff nach den Karten. »Ich glaube, ich bin dran.« Er mischte; die anderen schauten ihm auf die Finger. Dann begann er auszuteilen. »Da, und da, und noch ein da, für Sie.«

Bargmann fächerte sein Blatt auf und sog die Luft durch die Schneidezähne. »Schlimm. Was haben Sie bloß wieder an den Pfoten, Mann? Das gute Braune? – Achtzehn, Albrecht.«

»Gewißlich, Padre. Hab' ich.«

»Zwanzig.«

»Gegen Sie immer.«

3

Es dröhnte durch den Raum *Le divertissement de Chambord*. Bargmann leerte das erste Glas des neuen Abends und warf die Karten auf den Tisch.

»Nachdem dieser einleitende Ramsch prächtig in die Hose gegangen ist ...«

Albrecht schüttelte den Kopf. »In die Soutane, Unwürden. In Ihre nämlich. Hä.«

»... bringt der jählings einsetzende Lärm mich zu der Frage, was der räudige Kater macht. Ist das immer noch Trauermusik, Korff? Sie sind doch der Spezialist für so was.«

Der Arzt betrachtete ihn mit melancholischer Resignation. »Dieses, Bargmann, ist Jean-Baptiste Lully. Ein Divertissementchen. Unser Wirt ist aber genauso ein Banause wie Sie, was Musik angeht. Der trauert tatsächlich mit dieser Barockmusik um sein totes Katervieh.«

»Nun, vielleicht geht es ihm wie den Rundfunkprogrammierern – alle klassische Musik ist ernst. Also der Kater ist endlich tot?«

»Ja. Er hat sich vor ein paar Tagen im Zustand fortgeschrittener Verwesung im Hinterhof eingefunden.«

Albrecht gluckste. »Was uns natürlich zur Frage bringt – gibt's was Neues im Fall Morgenthal?«

Der Pfarrer warf ihm einen Blick zu. »Er hat sich nicht verwest im Hinterhof eingefunden, wenn Sie das meinen, Albrecht.«

Korff runzelte die Stirn. »Nichts Neues? Überhaupt nichts?«

»Sie klingen enttäuscht, Doktor«, sagte Bargmann. »Nein, es gibt nichts Neues. Die Polizei sucht noch. Oder nicht mehr. Jedenfalls hat sie ihn nicht gefunden. Und niemand weiß was.«

Korff machte eine halblange Pause; dann sagte er: »Doch.«

»Ah!« machte der Oberst. »Wer? Und was?«

Der Arzt setzte sich in Positur. »Ich weiß was. Ich hab's durch pures Denken rausgekriegt. Mir fehlt nur noch ein Steinchen zum Mosaik.«

»Hui«, sagte Albrecht. »Oh.«

»Ein verwester Kater, ein um diesen mit Barockmusik trauernder Wirt, das Triumvirat von Obrist, Pfaffe und Quacksalber ratlos – und plötzlich fängt der Doktor an, Mosaiken zu legen. Hilfe!« Bargmann hob abwehrend die Hände.

»Bargmann, Sie können mir das letzte Steinchen liefern. Sie haben gesagt, Morgenthal war viel in seinem Garten, und bevor er verschwand, wollte er ein neues Beet anlegen oder so was?«

Bargmann nickte. »Ja. Rhododendren wollte er pflanzen. Er hat sie bestellt und bekommen, und dann hat er angefangen zu buddeln. Aber der Boden da draußen ist ziemlich schwer. Wohl dem Hobbygärtner, der gleichzeitig Bauunternehmer ist.«

Der Oberst blickte auf. »Vielseitigkeit schadet nimmer nicht – aber wieso hier?«

»Das waren schon größere Büsche, die Morgenthal bekommen hat, und der Boden da draußen ist, wie gesagt, die reine Kleie. Also hat Morgenthal einen seiner eigenen Bagger kommen lassen, ein riesiges Loch gebuddelt und mit Torf aufgefüllt.«

Der Arzt nickte sehr langsam. »Aha, ahadele. *Ganz* aufgefüllt?«

»Mein Informant, ein Pfarrkind« – Bargmann grinste – »beichtet auch immer sehr verwaschen. Er hat nichts Genaues gesagt; jedenfalls ist Morgenthal verschwunden, bevor er die Rhododendren in seinem Torfloch hat einbuddeln können.«

»Und?« sagte Korff. »Was ist mit den Rhododendren passiert?«

»Wieso? Ich glaube, seine Frau und seine Tochter haben sie so eingepflanzt, wie er es vorgesehen hatte. Schließlich läßt man ja gute Rhododendren nicht einfach so herumstehen, oder?«

Albrecht klopfte auf den Tisch. »Hören Sie mit Ihren verdammten Rhododendren auf! Was hat das mit Morgenthal zu tun?«

»Viel«, sagte Korff energisch. »Sehr viel. Bargmann, Sie haben gesagt, die älteste Tochter von Morgenthal ist damals, als er zur Kur war, einmal in ihrer katholischen Diskothek gewesen, am Samstag, im Pfarrheim.«

Bargmann nickte gravitätisch. »Ja. Habe ich. Ich stehe dazu. Auch durch dumme Anwürfe bringt mich niemand zur Untreue gegenüber abgelegtem Wort.«

Albrecht hob die Hände. »Hach, dieses Geschwätz. Sie legen doch Ihre Worte ab wie normale Menschen Kleider. Abgelegte Kleider. Wortlumpen.«

»Hören Sie mit dem Gezänk auf«, sagte Korff. »Bargmann, ist die Tochter in der letzten Zeit wieder mal in diese Pfarr-Disko gekommen?«

»Ziemlich regelmäßig.« Er schob die Unterlippe vor, bis er einem sehr tückischen alten Klepper glich. »Sie nutzt die Abwesenheit des geliebten Vaters schamlos aus.«

»Weder geliebt noch schamlos«, sagte Albrecht. »Normal, würde ich sagen.«

Korff warf ihm einen giftigen Blick zu. »Sie hat keiner gefragt, Albrecht. Meine Herren, merken Sie denn noch immer nichts?«

Bargmann riß die Augen auf. »Tja – es zieht, die Musik ist häßlich, und unsere Gläser sind schon wieder leer. Das ist, was ich merke und bemerke. – Wirt! Drei Stück vom Gleichen!«

Hinter dem Tresen setzte sich der Trauernde in Bewegung.

»Nun machen Sie's doch nicht so spannend, Korff«, sagte Albrecht. »Was sollen wir denn merken?«

»Hm. – Wo würden Sie eine Stecknadel verstecken?«

Bargmann zögerte; dann kicherte er. »Nicht im Heuhaufen. Jemand, zum Beispiel ein pensionierter Obrist, könnte sich beim Dessert den Mundwinkel aufschlitzen.«

Albrecht streckte ihm die Zunge heraus. »Diese unqualifizierten Anwürfe beiseitelassend – ich würde eine Stecknadel in einem Nadelkissen verstecken, unter anderen Stecknadeln.«

Der Arzt nickte. »Richtig. Und wenn Sie eine Leiche zu verstecken hätten?«

»Keine unvorsichtigen Bekenntnisse, Oberst!« warf Bargmann ein.

»Eine Leiche? Auf dem Friedhof unter anderen Leichen.«

Korff lächelte ein wenig gequält. »Das ist *eine* Möglichkeit. Sehen wir das mal abstrakt. Was haben Nadel in Nadelkissen und Leiche auf Friedhof gemein?«

Bargmann verzog das Gesicht; versonnen sagte er: »Nadel in Kissen und Leiche auf Friedhof – fehlt sich bei alles bestimmtes Artikel.«

Albrecht lachte. »Er lallt, er lallt übler denn je. – Korff, ich weiß immer noch nicht, worauf Sie hinaus wollen.«

»Es ist doch ganz einfach. Beide, Nadel und Leiche, sind da, wo sie hingehören. Wo keiner sie sucht, wo sie keinem auffallen.«

Bargmann zuckte mit den Achseln. »Und? Wenn ich auf der Kanzel stehe, wohin ich gehöre, falle ich trotzdem auf.«

Albrecht fletschte die Zähne. »Weil Sie leben und labern. Morgenthal labert nicht.«

»Und« – Korff blickte niemanden an – »lebt nicht mehr.«

»Wie können Sie da so sicher sein?« sagte Bargmann.

»Das war zuerst nur eine Vermutung. Ich habe mir gesagt, jemand, der nicht aufzufinden ist und seit vier Monaten kein Geld von seinen Konten abgehoben hat, ist vielleicht ganz einfach tot.«

Bargmann beugte sich vor, nickte heftig und klopfte dem Arzt auf die Schulter. »Ganz einfach«, sagte er höhnisch, »natürlich. Aber wieso? Wir haben keinerlei Motiv für einen Mord gefunden. Denken Sie etwa an Selbstmord?«

»Nein, nein; Mord. Wir haben das Motiv ein paarmal in der Hand gehabt und übersehen. Wir haben in der falschen Richtung gesucht.«

»Sie meinen«, sagte der Oberst, »die Frage, wer von Morgenthals Tod profitiert – diese Frage ist falsch?«

Der Arzt nickte. »Allerdings. Wenn man das Profitieren eng auffaßt, materiell. *Materiell* profitiert niemand von Morgenthals Tod.«

Albrecht schob seinen Stuhl vom Tisch fort, legte sich zurück, bis die Lehne krachte, schlug die Beine übereinander und verschränkte die Arme. »Wenn's ins Immaterielle geht, da hat ein alter Atheist wie ich nichts zu suchen. Machen Sie das untereinander aus, meine Herren.«

»Wie meinen Sie das – immateriell?« sagte Bargmann.

»Ich meine, daß wir, alle drei, Illusionen über die Heiligkeit der Familie und die Innigkeit familiärer Bindungen haben.«

Der Oberst beugte sich wieder vor. »Teufel auch! Ja, natürlich. Das liegt auf der Hand, seit wir darüber reden. Sehr gut, Korff!«

Bargmann verzog das Gesicht. »Meinen Sie, Frau und Tochter haben Morgenthal umgebracht?«

Albrecht keckerte. »Tun Sie doch nicht so empört. So was kommt in den besten Familien vor; sogar in päpstlichen.«

»Ja, aber wie? Und warum? Welches Motiv sollten Sie denn haben?« Er wirkte ehrlich verblüfft.

Korff blickte ihn mit einem etwas herablassenden Lächeln an. »Das haben Sie uns doch selbst genannt, Bargmann. Der tyrannische Vater, der Frau und Kinder zu einem mittelalterlichen Lebenswandel zwingt.«

»Ja, ist das denn ein Mordmotiv?«

»Übertriebene Katholizität?« Albrecht grinste. »Aber allemal!«

Der Arzt räusperte sich. »Die Frau darf weder ins Geschäft noch ans Auto, die Töchter dürfen weder in die Diskothek noch auf die Universität. Die Älteste soll den Sohn eines Geschäftsfreundes heiraten, vermutlich ohne gefragt zu werden. Ich finde, das reicht völlig aus, um einen Mord zu begehen.«

Bargmann breitete die Arme aus. »Wieso haben sie ihn denn nicht schon längst umgebracht?«

»Auch dafür gibt es Gründe, die Sie uns genannt haben, Bargmann. Morgenthal ist nie lange von der Familie fortgewesen. Dann hatte er den Unfall, kam ins Krankenhaus, mußte zur Kur. Frau und Töchter waren erstmals allein, und die Älteste ist in ihre komische Pfarrheim-Diskothek gekommen. So haben sie Blut geleckt. Zum erstenmal konnten sie tun, was sie wollten, ohne sich nach den starren Vorstellungen des Vaters richten zu müssen. Und als er aus der Kur zurückgekommen ist und wieder dafür gesorgt hat, daß alles so läuft, wie er es haben will – da haben sie ihn beseitigt. Weil sie endlich leben wollten.«

Der Pfarrer schob die Unterlippe vor, blickte auf den Tisch und nickte dann langsam.

»Überzeugt mich«, sagte Albrecht. »Gutes Motiv. Ich bin für Straffreiheit.«

Bargmann hob die Hand. »Moment; nicht so schnell. Ich stelle meine kirchlichen Vorbehalte mal zurück. Aber wie – wie haben sie ihn umgebracht? Was ist mit dem Wagen? Er ist doch abends noch mit dem Wagen gesehen worden.«

»Denken Sie doch mal nach, Bargmann.« Korff blickte ihn eindringlich an. »Kurz nach neun hat der Mann aus der Würstchenbude den alten rosa-metallic Diesel mit zerbeultem Kotflügel gesehen. Richtig?«

»Ja, eben.«

»Aber, teurer Freund, um diese Zeit ist es dunkel. Ich glaube durchaus, daß bei der guten Beleuchtung vor unserem Bahnhof der Wagen zu sehen war – aber wer hat ihn gefahren? Glauben Sie denn, nach Anbruch der Dunkelheit könnten Sie erkennen, wer in einem Wagen sitzt?«

Bargmann schüttelte kurz und energisch den Kopf und kniff die Brauen zusammen. »Aber außer Morgenthal hat niemand den Wagen je angefaßt. Und keiner aus der Familie konnte ihn fahren.«

»Das stimmt nicht«, warf der Oberst ein. »Sie haben uns selbst gesagt, daß die Frau einen vorehelichen Führerschein hatte. Bestimmt kann sie nicht mehr blendend fahren, aber es dürfte reichen, um abends, wenn kaum Verkehr ist, eine Runde durch den Ort zu drehen. Und, mein Lieber, wenn Morgenthal zu diesem Zeitpunkt schon tot war – wer sollte es der Frau dann verbieten, mit dem Wagen zu fahren?«

»Das wäre natürlich möglich ...« Der Pfarrer summte eine Weile leise vor sich hin. »Aber wozu fährt man mit dem Wagen eines Toten abends durch die Stadt?«

Der Arzt seufzte. »Nehmen Sie mal an, Sie bringen Morgenthal um. Die einfachste Möglichkeit, den Verdacht von sich abzulenken, ist, dafür zu sorgen, daß jemand ihn noch sieht oder glaubt, ihn zu sehen, wenn er schon längst tot ist. Sie setzen sich also in den Wagen, den viele Leute kennen, und fahren am Bahnhof vorbei, weil Sie wissen, daß der Würstchenstand noch geöffnet ist. Da steht bestimmt jemand, der bezeugen kann, daß er den Wagen gesehen hat.« Der Arzt blickte Bargmann fast flehend an.

»Ja, und dann? Wohin mit dem Wagen?«

»Wieder zurück, nach Hause.«

Plötzlich sagte Albrecht nachdenklich: »Und wenn auf der Heimfahrt jemand den Wagen sieht? Ein Passant? Dann ist doch das ganze Alibi im Eimer.«

Bargmann nickte dem Obersten zu, grinste und murmelte etwas über Eimer voller Alibis.

»Die Frau muß ja nicht unbedingt den gleichen Weg zurückgefahren sein«, sagte Korff. »Aus der Stadt hinaus und über einsame Feldwege in großem Bogen heim. Und wenn da jemand sie sieht, dann sieht sie den auch und kann notfalls umkehren.«

Bargmann wiegte den Kopf hin und her. »Rein in die Stadt, gesehen werden, andere Ausfallstraße und ungesehen über Feldwege zurück?«

Der Arzt nickte. »Ja. Schauen Sie – alles ist ganz einfach. Wir haben ein Motiv – der Alte hat alle tyrannisiert, sie haben einmal das Blut der Freiheit geleckt – um es so auszudrücken –, und jetzt wollen sie nicht länger mitspielen. Das ist das Motiv. Sie haben nichts zu verlieren, denn wenn Morgenthal stirbt oder verschwindet, geht finanziell alles weiter wie bisher. Sie brauchen ihn also nicht einmal als Ernährer, weil er es so gut organisiert hat.«

Bargmann schwieg. Er starrte in sein Bierglas. Dann wakkelte er mit den Ohren und schaute den Obersten fragend an.

Albrecht, versunken in Gedanken, trommelte leise mit den Fingern auf dem Tisch herum. Plötzlich blickte er auf. »Also, ich bin überzeugt. Motiv und Risikoberechnung stimmen. Bleibt nur die Frage, wie sie ihn umgebracht haben. Und wo sind die Leiche und der Wagen?« Er schüttelte den Kopf. »Wir haben uns ja über diesen verdammten alten Diesel nun schon reichlich das Hirn zerbrochen.«

Der Arzt lächelte. »Brechen Sie noch ein bißchen, Oberst. Sie auch, Bargmann. Wir waren uns einig, daß der Wagen überall auffällt – an Grenzen, auf Parkplätzen, wo auch immer. Was aber«, sagte er lauernd, »wenn er nicht mehr auffallen kann? Weil er nicht mehr existiert?«

Bargmann schnappte nach Luft. »Ha! Ha! Abermals ha! Ich sehe, worauf Sie hinaus wollen. Hoho. Das ist stark. Das ist – tja, wie ist das? Das ist einfach genial, und es ist genial einfach. Aber es ist auch monströs.«

»Doktor, ich muß Sie loben.« Albrecht strahlte, wie ein Vater, dessen Lieblingssohn eine glänzende Leistung erbracht hat. »Wo fällt die Nadel nicht auf? Dort, wo sie hingehört.«

»Ja, nicht wahr? Die Frage, auf welche Weise die Frau und die Töchter, allein oder gemeinsam, den Alten getötet haben, ist letztlich uninteressant. Gift. Der chinesische Seidenschal. Erschlagen. Erwürgt. Vielleicht auch nur betäubt und dann lebendig begraben.« Korff machte eine Pause. »Zusammen – mit – dem Auto.«

Bargmann stützte die Ellenbogen auf den Tisch. »Ja. Jaha. Ojojoj.«

»Blendend«, sagte der Oberst. »Morgenthal buddelt selbst noch den Garten auf, per Bagger. Die Töchter graben ein bißchen weiter. Und wenn im großen Baggerloch Torf war, dann konnten die leicht ein Riesenloch daraus machen. Die Mutter fährt mit dem Wagen durch die Stadt, damit er noch einmal gesehen wird. Dann fährt sie auf Umwegen wieder nach Hause. Sie tragen den toten oder betäubten Vater in den Wagen, dann fahren oder schieben sie das Vehikel in die ausgehobene Grube. Anschließend schaufeln sie es wieder so weit zu, daß es aussieht wie vorher; dann melden sie den Vater als vermißt. Pflanzen aus Pietät seine geliebten Rhododendren, wie er es gern selbst getan hätte, und er sitzt die ganze Zeit darunter.« Albrecht grinste.

»Schaut sich nicht die Radieschen, sondern die Rhododendren von unten an.« Bargmann kicherte. »Jawohl. Gute Aussicht.«

Der Arzt klopft bei seinen nächsten Worten im langsamen Rudertakt auf den Tisch. »Keine Leiche. Kein Wagen. Keine Zeugen. Es ist dunkel, das Haus steht außerhalb des Orts, ringsherum läuft eine hohe Mauer. Perfekte Sache.« Er hob sein Glas. »Wissen Sie, wie ich darauf gekommen bin? Diese blöde Hawthorne-Geschichte, *Wakefield*. Dauernd haben wir überlegt, daß Morgenthal entweder, wie der Mann in dieser Geschichte, nahe bei seinem Haus lebt oder daß er in der Ferne lebt oder daß er in der Ferne tot ist. Daß er bei seinem Haus tot ist, also die vierte Möglichkeit, tja, die haben wir nicht bedacht.« Er trank gluckernd und genüßlich.

»Monströs«, sagte Bargmann befriedigt. »Eine Leiche samt Auto im Garten verbuddeln. Aber es gefällt mir, mein Lieber. Ja, es gefällt mir ausgezeichnet.«

»Große Gratulation, lieber Doktor«, sagte Albrecht. »Bloß – was machen wir jetzt damit? Eine wunderschöne Beweisführung – aber wie wollen wir die – beweisen?«

»Sie meinen, wenn ich Sie recht verstehe, Feldwebel, daß wir jetzt graben und nachsehen und danach die Polizei beglücken sollen?« Bargmann faßte sich an die Schläfe.

»So klingt's«, sagte Korff.

Albrecht zögerte. »Hm, ja, ich bin nicht sicher. Nachsehen würde ich schon gerne.«

Korff lächelte sehr langsam; eine Art Schlepplächeln. »Was meinen Sie denn, was ich letzte Nacht gemacht habe?«

Bargmann starrte ihn an. »Was! Ernstlich? Oh, das ist köstlich. Sind Sie bei diesem Regen über die Mauer geklettert und haben unter den Büschen gestochert?«

»Sie sollten mal meine Schuhe sehen. Aber es war gut dunkel. Und ich habe unter den Rhododendren mit einer dünnen Stange gebohrt. Keiner hat mich gesehen.« Er kicherte. »So wird man auf seine alten Tage zum Einbrecher.«

Albrecht beugte sich vor. »Und? Haben Sie da was – gefunden?«

»Außer«, sagte Bargmann süffisant, »nachtschwärmerischen Regenwürmern?«

»Ja. In etwa zwei Metern Tiefe ... Da ist Metall.«

Albrecht holte tief Luft. »Gut«, hauchte er. »Sehr schön. Aber was machen wir jetzt?«

Bargmann rutschte zur Stuhlkante und schaukelte mit verschränkten Armen vor und zurück. »Tja, tja, tja. Also, ich will gestehen, daß mich meine, hm, religiösen Vorurteile über die Heiligkeit der Familienbande ein wenig geblendet haben. Eigentlich ist alles ganz klar und sogar offensichtlich.« Er hörte auf zu schaukeln und legte die Knochenfinger auf den Tisch. »Also, denke ich mir, wird früher oder später die Kripo auch draufkommen.«

»Und wenn nicht?« sagte der Oberst.

»Oh, wir leben in einer arbeitsteiligen Zeit, nicht wahr?« Bargmann grinste. »Ich werde es nicht zulassen, daß ein Kommissar auf meine Kanzel klettert und die Sonntagsmesse hält. Folglich hüte ich mich, in eine polizeiliche Ermittlung einzugreifen. Zumal, hm, ich ja nichts wirklich weiß.«

Albrecht nickte langsam; er tat, als müsse er nachdenken. »Der Verschwundene«, sagte er gedehnt, »den ich nicht gekannt habe, scheint kein sehr liebenswerter Zeitgenosse gewesen zu sein. Ich weiß nicht, ob man das nicht als

Notwehrmaßnahme seitens der Familie ansehen sollte. – Im übrigen geht es mich nichts an.«

Der Pfarrer blickte den Arzt an. »Na, und Sie, Korff? Was machen Sie damit?«

»Womit?«

»Na, mit Ihrer logischen Ermittlung und dem Stochern im Garten.«

Korff schien zu stutzen und schüttelte irritiert den Kopf. »Von welchem Garten reden Sie da?«

Der Oberst zwinkerte. »Dem Morgenthalschen.«

»Morgenthal? Morgenthal? Nie gehört.«

Bargmann lächelte süßlich. »Praktisch, so ein löchriges Gehirn. Aber – hören Sie weg, Korff, sonst erinnern Sie sich doch noch –, aber man muß zugeben, es gibt schlechtere Dinge, als den Tod im eigenen Garten zu verbringen.«

Albrecht beugte sich vor und klopfte auf den Kartenstapel. »Aber auch bessere. Skat, zum Beispiel. Wer gibt?«

»Lassen wir den Doktor geben – ehrenhalber.«

Korff legte die Hände zu einem indischen Gruß zusammen und verneigte sich im Sitzen. »Sie beschämen mich, meine Herren. Na ja.«

Er begann zu mischen, während Bargmann dem Wirt signalisierte.

»Da«, sagte Korff. »Und da. Und noch ein Häufchen.«

Der Oberst nahm seine Karten einzeln auf und murmelte dabei: »Und ein Kärtchen für Papi. Und eines für Morgenthal.«

»Für wen?« sagte Korff.

Matzbach fährt nach Schweden

(Historischer Krimi aus dem Jahre 1980)

Es war kurz nach der Zahnbürstensache.* Anders als seine
Bekannten glaubten, war dies keineswegs Baltasar Matzbachs erster, wiewohl bisher größter Fall gewesen. Einige
Wochen nach dessen Abschluß wärmte den Dicken die
Sonne des Erfolges nicht mehr sonderlich; er mußte daher
mit dem Gestirn des feinen Herbstnachmittags vorlieb nehmen. In diesem späten September 1980 plagten ihn viele
Dinge; neben der allfälligen Langeweile wegen Ausbleibens
der Sensationen war eine im weitesten Sinne libidinöse Frage
zu klären. Ob nämlich die nette Dame, die er im Verlauf
der Aventiure kennengelernt hatte, wirklich nett genug sei,
ihrethalben eine Weile der Monogamie zu frönen. Da jedoch
auch auf diesem Gebiet harte Arbeit die beste Anästhesie
ist, saß Baltasar Matzbach in seinem Appartement und häm-
merte auf der Schreibmaschine. Der Schweiß sammelte sich
in seinen Geheimratsecken, floß um die Augen und bildete
Bächlein, die dem wuchtigen Kinn zustrebten.

Eigentlich hatte Matzbach einen Schönheitsschlaf tun
wollen und den Wecker gestellt, daß die Schönheit nicht
überhand nehme. Da er aber nicht schlafen konnte, hörte
er Bach und dachte nach. Hierbei fiel ihm die Antwort auf
einen problematischen Brief ein. Wenn Matzbach, der Uni-

* vgl. *Mord am Millionenhügel*, Goldmann-Krimi 5613.

versaldilettant, nicht gerade als Hobbydetektiv marodierte, betätigte er sich als Seelentröster. Um gesundes Geld gestaltete er die Wochenkolumne »Fragen Sie Frau Griseldis«, die allen Lesern einer großen Illustrierten ein Begriff ist. Diesmal war ein heikles Problem dabei; es erinnerte ihn unangenehm an sich selbst und betraf libidinöse Großväter. Frei nach Sherlock Holmes war es ein Problem für fünf Zigarren und zwei Liter Kaffee. Deshalb hatte Baltasar den großen Emaillekessel auf eine zaudernde Herdplatte gestellt. Heftige Inspiration trieb ihn alsdann an die Schreibmaschine, wo er die Welt vergaß.

Auf dem Plattenteller rotierte das Zweite Brandenburgische Konzert; der Wasserkessel pfiff; der Elektrowecker knarzte; Matzbach hackte grunzend und knurrend auf den Tasten seiner alten mechanischen Adler herum. Durch dieses Getöse sickerte, penetrant und immer hektischer werdend, das Dingdong seiner Türklingel. Nach und nach drängelte sich der Krach in sein Bewußtsein.

Er blickte auf. »Oho! Was? Wer da? Hier ich.« Er stellte das Tippen ein und schaute sich um.

»Sssooooo, das Wasser kocht. Sofern es noch nicht verkocht ist.«

Er stand vom Schreibtisch auf und kurvte um die Stapel von Büchern, Papieren und Klamotten zu seinem Herd. Nachdem er die Platte abgestellt hatte, hob er vorsichtig den Kessel an und setzte ihn auf einen kühleren Fleck. Mit einem Ächzen lustvoll-schmerzlicher Erleichterung verstummte die Pfeife.

»Und wozu hab' ich den Wecker gestellt? Schlief ich, wach' ich, werd' ich von Sinnen sein?« Er schaltete den Elektrowecker aus und starrte sinnend auf den Plattenspieler.

»Was ist denn das nun für ein Dingdong? Brandenburgisches Dingdong? Steht Bach vor der Tür, mit allen Feinden Brandenburgs im Staub?«

Machtvoll stapfte er in die Halbdiele seines Appartements und betätigte den Türöffner; das Dingdong endete.

Im Treppenhaus näherten sich Schritte wie von zornigen Damenstiefeln. Die teure Dame in diesen mochte dreißig Jahre alt sein; sie trug Schottenrock, weiße Bluse, Perlencollier und erlesene Schminke. Im Türrahmen warf sie das aschblonde Haar wütend zurück. Sie hatte die Unterlippe vorgeschoben, eine Augenbraue hochgezogen und hielt sich den Daumen, der vom Klingeln schmerzte.

»Du feister Unhold. Sitzt du auf deinen Ohren?«

»Dazu sind sie zu schmal. Kommen Sie rein, Mrs. McDonald. Ich wollte sowieso gerade aufmachen.«

Ines Finkel drängelte sich an ihm vorbei ins Chaos des großen Wohn/Arbeitsraums. Dann blieb sie stehen und sah ihn an. »Wieso McDonald?«

Matzbach schubste sie mit dem Bauch weiter in den Raum und schloß die Tür zur Diele. »Dein Rock beziehungsweise das spezifische Tartanmuster desselben weist dich als Angehörige des ruhmreichen Clans der McDonalds aus. Willst du mich für die Highlander rekrutieren? Ich habe Plattfüße.«

Sie blickte ihn erbost an. »Mit dem Fernglas bin ich aufs Stadthaus geklettert, um zu sehen, ob du in deinem Arbeitszimmer bist. Wieso gehst du nicht ans Telefon?«

Matzbach zuckte mit den Achseln. »Meine wenigen Freunde sind mir gram; von denen ruft keiner an. Es kann also nur was Unerfreuliches sein. Da heb' ich lieber gar nicht ab.«

Sie seufzte, blickte sich um. »Kann man sich hier irgendwo setzen? Wie das aussieht! Die Socken im Bücherregal. Und schmutziges Geschirr auf dem Sofa. Nein!«

Matzbach befreite einen Stuhl von Büchern, indem er ihn einfach kippte. »Doch. Ganz entschieden sogar. Bist du gekommen, um hier aufzuräumen?« Er stellte den Stuhl neben seinen kleinen Couchtisch.

»Mein Daumen tut weh, vom langen Klingeln. Was hast du denn gemacht? Warum hast du nicht eher geöffnet?«

Matzbach nahm das schmutzige Geschirr vom Sofa und stellte es auf den Schreibtisch. »Zuerst wollte ich ein Schönheitsschläfchen halten.«

Ines runzelte die Stirn. »Pah. Du? Und du meinst, das nützt noch?«

»Das kommt drauf an, wem es nützen soll. Die Schönheit ist bekanntlich im Auge des Betrachters. Wenn ich denn nun also geschlafen hätte, liebe Ines, kämst du mir schöner vor, als du bist. Im Moment hingegen, da ich nicht geschlafen habe, erscheinst du mir weit weniger schön, als du glaubst.«

Ines Finkel ließ sich auf den freien Stuhl sinken. »Ojojoj«, machte sie.

»Wie wahr. Um zu meines Redens abgeschnittenem Faden zurückzukehren: Ein Schönheitsschläfchen wollt' ich halten, deshalb hab' ich mir den Wecker gestellt. Dann jedoch überfiel mich die Inspiration, was einige Problembriefe angeht, also habe ich mich an die Schreibmaschine gesetzt.«

»Was für Problembriefe?«

»Na, mein Kummerkasten.«

»Dein was?«

»Kummerkasten. Ah. Weißt du etwa nicht, daß ich die berühmte Frau Griseldis bin?«

»Von ›Fragen Sie Frau Griseldis‹?« Ines schüttelte langsam und erstaunt den Kopf. »Das gibt's doch nicht.«

»Doch, doch. Bei meinem feinen Herzenstakt – wer sollte fünf Millionen Leser besser beraten als ich?«

Ines legte den Kopf in den Nacken. »Du liebe Güte. Nicht nur Hobbydetektiv, auch noch Seelentröster.« Sie kicherte. »Andererseits . . .«

»Nämlich?«

Sie winkte ab. »Ah, später. Ich muß mich erst mal damit vertraut machen. Baltasar Matzbach ist Frau Griseldis. Nicht zu fassen.«

Matzbach ließ sich auf das Sofa plumpsen. »Dann mach dich damit vertraut. Wie gesagt – ein Schläfchen wollt' ich halten, hab' den Wecker gestellt, dann kam mir die Schreibmaschine in den Sinn. Nach einigem Arbeiten dürstete mich, kaffeemäßig. Also hab' ich den Wasserkessel aufgesetzt – so einen feinen, den da, mit Pfeife. Pfifferl.« Er stand auf. »Und um nicht so allein zu sein, habe ich Bach hinzugezogen. Dann fing der Wecker an zu schrillen, und du hast gebimmelt. So einfach.« Er ging zum Herd und setzte den Kessel wieder auf die nicht ganz ausgeglühte Platte.

»Wahnsinnig einfach. O Mann. Ich frag' mich, ob ich hier richtig bin.«

Innerhalb von Sekunden kochte das Wasser wieder. Matzbach entfernte die Sirene und goß das heiße Wasser in den auf einer Thermoskanne bereiten, gefüllten Filter. »Du hast mir immer noch nicht gesagt, was mir eigentlich das Mißvergnügen verschafft.«

Ines verrenkte sich den Hals, um ihm bei seinen Bewegungen folgen zu können. »Ich, eh, hm. Also, Frau Griseldis, ich hab' da ein Problem.« Sie lächelte ein wenig zaghaft.

»Das, Frau Finkel, dachte ich mir schon. Aus reiner Lust, mich schauen zu dürfen, bist du bestimmt nicht mit dem Fernrohr aufs Bonner Stadthaus geklettert. Übrigens eine reizende Vorstellung. Also – wo klemmt der Kothurn?«

»Bitte?«

Matzbach nickte. »Ach so, ich vergaß, du bist ja Modistin. Dein entzückender Stiefel aus Antilopenleder; wo etwa drückt er?«

Ines blickte von ihm weg hinüber zur Couch. »Es geht um meinen Mann.«

Matzbach hob die linke Augenbraue. »Alfred, der Schmierfinkel? Ich habe dich, ihn und eure Verbindung von Anfang an herzlich mißbilligt.«

Ines zischte irgend etwas. Dann sagte sie: »Kannst du diese furchtbare Musik mal abstellen?«

83

Baltasar zuckte mit den Achseln. »Nur Menschen mit räudiger Seele finden Bach furchtbar. Aber bitte sehr.« Er ging zum Gerät, drückte einen Knopf; Bach verstummte. Der Tonarm hob sich und wanderte zurück zum Lager.

»Also, was ist mit Monsieur Finkel?«

Ines kaute auf der Unterlippe. »Er ist verschwunden.«

Baltasar drehte sich zu ihr herum und lächelte. »Meinen Glückwunsch. Oder willst du ihn etwa zurück haben? Die Welt wimmelt vom gleichen Artikel, Ines; schlank, dynamisch, braungebrannt, schön und zum Kotzen öde. Es sind zwar nicht alle von dieser Sorte auch noch miese Skandalreporter, aber die Auswahl ist trotzdem groß.« Er ging zurück zum Herd und schielte in den Filter.

Ines ließ ein paar Tränen über ihre dezent getünchten Wangen kullern; dazu schluchzte sie dezent, nahm ein dezentes Spitzentüchlein aus ihrer zu den Tränen passenden Handtasche aus totem Krokodil und tupfte sich die Augen. »Baltasar, du bist ein Ekel.«

Matzbach nickte. »Stimmt schon. Aber daß ihr einander pausenlos betrogen und euch gestritten habt und daß er nun futsch ist, sind sämtlich keine Gründe, meine Klause zur dramatischen Bühne zu machen.«

Ines zog die Mundwinkel herab und steckte das Tüchlein wieder weg. »Ich dachte, du hilfst mir eher, wenn es ein bißchen mit Herz ist. Wir sind doch gute alte Freunde.«

Baltasar rümpfte die Nase. »Ich bin alt und gut, du bist weder noch, und mit dem Wort Freund sollte man behutsam umgehen.«

»Nja, aber Frau Griseldis interessiert sich doch für so was.«

»Daß ich Frau Griseldis bin, wußtest du aber nicht, als du hergekommen bist.«

»Jaaaaa. Also, ich hab' gedacht, es könnte dich interessieren. Du suchst doch immer verwickelte Kriminalfälle ...«

»Ha, ba, ba.«

»... die sonst keiner klären kann.«

Matzbach goß Wasser nach. »Abermals ha, ba, ba. Wir schreiben das Jahr 1980, Sherlock Holmes ist längst tot, und ich glaube auch nicht an den Klapperstorch. Also komm zur Sache.«

Fast unwillkürlich nickte Ines. Ihre Stimme klang sachlich. »Du weißt, daß wir ein Haus in Schweden gemietet hatten?«

»Nein.«

»Ja. Für zwei Monate, diesen Sommer. Fredo hat lange nach so etwas gesucht. Ich weiß nicht warum, aber offenbar mußte es unbedingt ein Haus in dieser ganz bestimmten Gegend sein. In Südschweden. Als er es gefunden hat, war es schon vermietet, und er hat einiges bezahlt, damit der Mieter sich was anderes sucht und wir rein können. Und dann habe ich meine Boutique dem Personal überlassen, und wir haben uns hineingesetzt. In das Haus in Schweden.« Mit einer Kopfbewegung schleuderte sie ein paar streunende Haare zurück; dann klappte sie wieder ihr Täschchen auf und holte Zigaretten heraus.

»Lammsam. Hat er das bestimmte Haus in der bestimmten Gegend gesucht, um was Bestimmtes zu arbeiten?«

»Weiß ich nicht. Fredo muß an irgendeiner Story gesessen haben, die riesig werden sollte. Aber der war ja immer ein Geheimniskrämer, bis alles fertig war. Die ganze Zeit, wo wir verheiratet sind, hab' ich nie was gelesen oder gehört, bevor er den letzten Punkt gemacht hat.«

Matzbach hob den Filter von der Thermoskanne, stellte ihn in sein Waschbecken und fahndete nach sauberen Kaffeebechern. Schließlich wurde er zwischen den Schallplatten fündig. »Na gut. Also das Haus in Schweden.«

»Ja. Nach vier Wochen ist er wohl noch nicht viel weiter gewesen; jedenfalls hat er mit dem Besitzer verhandelt und noch mal einen Monat verlängert. Und drei Tage, nachdem er verlängert hat, ist er verschwunden.«

Endlich fand Matzbach das Zuckertöpfchen unter einem zusammengeknüllten Handtuch. Aus dem Kühlschrank nahm er eine Dose flüssiger Schlagsahne, stellte sie ebenfalls auf das Tablett und schleppte alles zum Couchtisch hinüber. »Was habt ihr denn die ganze Zeit da gemacht? Nur ihr beide, keine Seitensprünge, nichts als Natur und das liebe Gesicht des Partners – ihr müßt euch ja entsetzlich gemopst haben.« Er goß Kaffee in die Becher.

Ines bewegte sich; der Stuhl knackte bedrohlich. »Also, ich hab' Waldwanderungen gemacht und bin geschwommen, manchmal in den nächsten Ort gefahren, so was. Außerdem gibt's im Haus Fernsehen.«

»Kannst du etwa Schwedisch?«

»Nee, aber die zeigen viele englische und Ami-Filme im Original mit Untertiteln. Und Englisch kann ich. Ein bißchen langweilig war's aber doch. Ich hab' sogar angefangen zu lesen.«

»Respekt. Und weiter?«

Ines deutete auf einen überladenen Sessel. »Dieser Stuhl tut's nicht mehr sehr lange. Kannst du das da nicht mal woanders hinbringen?«

»Von mir aus.« Matzbach nahm Hemden und Unterhosen von einem Sessel und verschwand in seinem Schlafzimmer. Ines Finkel setzte sich in das bequemere Möbelstück und zündete eine überlange Zigarette an. Matzbach kam zurück, schob ihr einen Aschenbecher hin und hockte sich auf das Sofa, wobei er das rechte Bein fast unters Gesäß zog. Die helle Leinenhose wies ein interessantes Muster von Kaffeeflecken auf; aus dem V-Ausschnitt des netzhemdartigen dünnen Pullovers, den er auf der bloßen Haut trug, quollen die Wipfel seiner dschungelhaften Brustbehaarung. Mit zusammengezogenen Brauen musterte er Ines, bis sie nervös wurde. Sie begann lautstark in der Tasse zu rühren, hüstelte, knipste das Feuerzeug an und aus.

»Hör auf, mit meinem Feuerzeug zu spielen. Wo sind

meine Zigarren? Ah, da.« Er nahm das Feuerzeug, zündete sich die Zigarre an, stieß eine gewaltige Rauchwolke aus und rülpste. »So. Und weiter?«

Ines warf einen hilfesuchenden Blick aus dem großen Fenster. Die Fassade des Bonner Stadthauses begann sich herbstlich zu verfärben. Sie seufzte.

»Fredo hat gedacht und geschrieben und abends alles wieder in den Kamin geworfen. Und er war jeden Tag mit dem Ruderboot auf dem See. So 'n kleiner Waldsee, weißt du. Meistens hatte er Fernglas und Kamera dabei. Und dann war er weg.«

»Einfach so weg?«

»Ja. Bloß wie? Das Boot war noch da. Das Auto auch. Bis zur Straße und zum nächsten Ort sind es fast zehn Kilometer durch den Wald, und Fredo hat Wandern gehaßt.«

Baltasar nickte langsam. »Du meinst, zu Fuß wär' er bestimmt nicht so weit gegangen?«

»Ausgeschlossen. Und im See ertrunken ist er auch nicht; er war ein prima Schwimmer.«

»Was hast du getan?«

»Nachmittags ist er zum See runter. Als er am nächsten Morgen nicht da war, hab' ich die Polizei alarmiert. Die haben alles gemacht, was man in solchen Fällen wohl tut – Anfragen bei Fähren und Flughäfen und in der Umgebung, aber ohne Ergebnis. Dann haben sie den Wald durchkämmt und sogar Froschmänner in den See geschickt. Nix.«

Matzbach setzte ein träges Lächeln auf. »Und der in Journalistenkreisen nicht zu Unrecht als Fredo der Schmierfinkel bekannte Monsieur Finkel blieb verschollen. Nett.«

Ines starrte ihn aus großen Augen an. »Du hast 'nen komischen Humor.«

Baltasar schwieg.

»Ach so, ja, die haben natürlich auch alle Häuser am See untersucht.« Ines war wieder ganz kühl. »Fehlanzeige. – Hast du noch 'nen Kaffee?«

Baltasar beugte sich vor und goß nach. »Da, bitte. Und wozu hast du mir das alles erzählt?«

»Ich dachte, das interessiert dich vielleicht ...«

»Hm. Im Prinzip hast du meinen Geschmack getroffen. Aber da gibt es Probleme. Zum Beispiel kann Alfred morgen aus Paris anrufen, weil er eben doch zu Fuß weggegangen ist. Oder er hat eine unkontrollierte Eisenbahn genommen. Und selbst, wenn er wirklich verschwunden *worden* ist – wieso soll ich einen Mord aufklären, den ich billige?« Er lächelte milde.

Ines rutschte zur Sesselkante vor und richtete sich auf. »Was!?!«

»Tu nicht so empört, das glaubt dir keiner. Klartext: Ich nehme an, mein Desinteresse an Fredo ist größer als mein Interesse an diesem Fall.«

Ines lehnte sich zurück. Mit schmollenden Lippen sog sie an ihrer Zigarette. Dann ließ sie einen Moment die Zungenspitze sehen und blickte Matzbach unter gesenkten Wimpern an. Langsam sagte sie: »Ich verstehe. Dann willst du also nicht? Nicht mal, wenn ich dich ganz lieb bitte? Ganz *besonders* lieb?«

Matzbach legte die Zigarre in den Aschenbecher. »Wie meinst du das denn?«

»Du weißt es vielleicht nicht«, sagte Ines kunstvoll heiser, »aber was dich angeht, wollte ich schon immer mal ... ich meine, wenn wir allein in Schweden wären ... da gibt es ein sehr breites Bett.«

Kichernd ließ Matzbach sich der Länge nach auf das Sofa fallen. Dabei blickte er an die Decke und kratzte sich die linke Achselhöhle. »Ts, ts, ts. Merke auf, Ines – es gibt zwei sexuelle Perversionen, für die ich nicht zu haben bin. Die eine ist Askese, und die andere ist Verkehr mit Ines Finkel.« Er hob den Kopf und blickte sie an. »Das heißt, jedenfalls solange ich nicht weiß, was sie eigentlich vorhat. Klar? Fein. An dir ist wirklich eine schlechte Schauspielerin verlorengegangen.« Er stützte sich auf den linken Ellenbogen. »Was mich zur Frage nach deinem Motiv bringt.«

»*Mein* Motiv?« Gekränkte Unschuld blickte ihn an.

»Fredos Tod wäre für dich doch nur das Ende eines Kapitels, nicht der Schluß eines Buchs.«

Sie legte Empörung in ihre Stimme. »Hältst du mich etwa für so 'n kaltes Biest?«

»Es gibt ein feines Ortsadjektiv für die Temperatur deiner Seele: antarktisch.«

Sie rutschte wieder zur Sesselkante vor. »Ich geh' jetzt wohl besser.«

Versonnen sagte Matzbach: »Ein Gletscher namens Ines erscheint bei mir, schmilzt ein bißchen, gibt das Sickerwasser als Tränen aus und kocht es zu Libidobrei auf. Was, frage ich, hat sie davon?«

»Da bin ich aber gespannt.«

»Alfred hat bestimmt eine Lebensversicherung abgeschlossen, und bestimmt nicht billig, wenn ich seine Eigenliebe richtig einschätze. Du als trauernde Witwe mit gutgehender Boutique kriegst die Mäuse aber erst, wenn eine Leiche da ist.«

Ein schrilles »Aaaah.«

»Zwei Millionen Umsatz hattest du letztes Jahr, nicht wahr?«

»Woher weißt du das denn schon wieder?«

»Das hast du vor einem halben Jahr in einer Kneipe erzählt.«

»Man sollte nicht so viel reden.«

»Wie wahr. – Ferner wird diese Dreckschleuder von Zeitung sicher gern eine schöne Geschichte drucken, in der zu lesen steht, wie der tapfere Reporter auf der Suche nach dem Guten, Wahren und Schönen den Tod fand.«

Ines schüttelte langsam den Kopf. »Scheiße!«

»Pfui. Also – was haben dir Fredos ehemalige Chefs angeboten? Und wie hoch ist die Lebensversicherung?«

Ines blickte ihn an; ihr Mund war ein schmaler Strich. »Du bist eine miese feiste Ratte.«

Matzbach lächelte mild. »Höchstens von außen; das ist alles eine Frage der Perspektive.« Er kicherte. »Also, wie hoch ist die Versicherungssumme?«

»'ne viertel Million.« Es klang mürrisch.

Baltasar nickte. »Na siehste, das nenn' ich erfolgreiche Motivationsforschung. Und was zahlt dir die Zeitung, wenn du eine Story ablieferst?«

»Zwanzig.«

»Bravo. Wieso haben die eigentlich noch keinen von Fredos findig-windigen Kollegen drauf angesetzt?«

»Haben Sie, ist aber nichts dabei rausgekommen.«

Matzbach ließ sich wieder auf das Sofa sinken und blickte erneut zur Decke hinauf. »Hm. Reden wir jetzt mal über meine Motive. Ich bin bescheiden. Sagen wir – ein Erfolgshonorar von zehn Prozent der Versicherungssumme, sobald diese an dich ausgezahlt wird?«

Ines fletschte die Zähne. »Du feistes Schwein.«

»Und den Artikel schreibt natürlich der, der alles rauskriegt. Und der kriegt auch das Honorar dafür. Also ich, hm.«

»Du bist ... du bist ... eine Natter.«

Baltasar betrachtete nachdenklich seine bloßen Füße und wackelte mit den Zehen. »Jede weitere derartige Freundlichkeit treibt das Honorar um fünf Prozent in die Höhe. Und wir machen das am besten schriftlich aus. Bei meinem Anwalt.«

Ihre Augen schleuderten Dolche nach ihm. »Du ... du ... Breitwandarsch ... du ...«

Baltasar hob die Hand. »Fünfzehn Prozent. Außerdem ist dein Wortschatz langweilig, nebbich. Was hieltest du von ›Ich werde dich mit dem Gesicht unter den After eines durchfallkranken, mit Knoblauch gefütterten Kamels binden lassen‹? Oder ›Ich wüßte einen Arzt, der dich von diesem Furunkel befreien kann, das du als Gesicht ausgibst‹? Oder ›War der Schrank sehr teuer, gegen den du gelaufen bist‹?«

Dies trug sich an einem Dienstag zu. Da Matzbach noch seinen Kummerkasten »Fragen Sie Frau Griseldis« für die nächsten Wochen fertigmachen mußte, verabredeten sie sich für Freitag; bei Matzbachs Anwalt.

Als Ines Finkel gegangen war, begann Matzbach zu telefonieren. Zuerst rief er einen alten Freund in einer Bonner Lokalredaktion an. Nach mehreren Piepsern nahm jemand ab.

»Ja, was denn?«

Matzbach grinste in die Muschel. »Spreche ich mit Herrn Moritz von Morungen?«

»Das ist das erste Mal, daß du mich mit Herr anredest, Matzbach. Fehlt dir was?«

»Ja, eine Auskunft.«

»Ich bin nicht die Auskunft. Ich bin die Lokalredaktion.«

»Es geht um einen Kollegen von dir; schreibende Zunft.«

Morungen klang etwas interessierter. »Ah so, wen denn?«

»Alfred Finkel, genannt Fredo der Schmierfinkel.«

Morungen ächzte. »Das ist kein Kollege, sondern ein ätzender Schandfleck. Außerdem ist er verschwunden. Ich glaube, man hält ihn für tot.«

Matzbach nickte. »Ja, ich weiß. Sein liebes Weib will, daß ich ihn suche und die Leiche finde, damit sie die Versicherung kassieren kann.«

Morungen gluckste. »Bei Ines wär' ich nicht sicher, ob sie ihn nicht selber umgebracht hat, wegen des schnöden Mammons.«

Matzbach schnalzte mehrfach mit der Zunge. »Das ist eine der vielen Möglichkeiten, die auch ich werde zu bedenken haben. – Weißt du, wer bei dieser Dreckschleuder von Boulevardblatt dafür zuständig ist?«

»Für Mord?«

»Nee, für den Fall des verschwundenen Kollegen. Die haben, soweit ich weiß, Leute nach Schweden geschickt. Noch ein paar von den bemerkenswerten Revolverjournalisten. Und die zahlen was für 'nen Artikel, der das Verschwinden des teuren Verblichenen erhellt.«

Moritz von Morungen machte allgemein zustimmende, ansonsten jedoch unidentifizierbare Geräusche. »Und nicht nur das; die haben auch zwanzig Mille an Belohnung für jegliche Aufklärung ausgesetzt.«

Matzbach runzelte die Stirn. »Aha. Ahaha. Davon hat Madame allerdings nichts gesagt.«

Moritz kicherte. »Sie wird ihre Gründe haben.«

»Das denke ich mir. Das kleine Schweinchen. Na ja. Hör mal, was ich von dir brauche ist ein Tip. Ich wüßte gern, wer bei dieser Dreckschleuder dafür zuständig ist. Und meinst du, man könnte da die bisher gesammelten Erkenntnisse, wie Fredos letzte Arbeiten und die Dossiers seiner Schweden bereist habenden Kollegen, kriegen?«

Morungen zögerte, knurrte irgend etwas. »Weiß ich nicht. Kann sein. Ich kann dir aber sagen, wen du da fragen mußt. Hast du was zu schreiben?«

»Eh – ja.«

»Moment, hier hab' ich's. Also, die Nummer ist ...«

Noch am selben Abend brachte ein Redaktionsbote Matzbach einen Haufen Unterlagen. Es handelte sich um Alfred Finkels letzte größere Arbeiten für das Blatt und die mit dem Blatt verschwisterte furchtbare Illustrierte; außerdem enthielt die Mappe die Aufzeichnungen der nach Schweden entsandten Reporter, Ortsbeschreibungen, Fotos von Haus, Wald und See, Kurzportraits der übrigen Anwohner des Seeufers und eine Zusammenfassung der polizeilichen Ermittlungen, soweit die schwedischen Behörden diese zugänglich gemacht hatten.

In der Nacht von Freitag zu Samstag brachen Baltasar Matzbach und Ines Finkel in dem weißen Porsche der Modistin auf. Sie erreichten, nach schweigend unfreundlicher Fahrt, die Morgenfähre in Travemünde. Am späten Nachmittag kamen sie nach längeren Irrungen auf Waldwegen ans Ziel. Das Haus am See bestand aus einem großen Wohnraum mit offenem Kamin und Kochecke, zwei Schlafzimmern, Bad und einer überdachten Terrasse, von der man einen guten Blick auf einen Teil des Sees hatte. Es stand auf einem kleinen Hügel, umgeben von Bäumen. Der Weg zu Ufer und Bootssteg zweigte von einem alten Holzweg ab und führte durch Unterholz, Brombeergestrüpp und überwucherte Felsen.

Matzbach rekelte sich und holte tief Luft. »Ah, nicht schlecht. Frische Luft, silberblau schwiemelt der See durch die Bäume. Was bibbert da?« Er wies auf ein Gewächs.

Ines ließ den Autoschlüssel in ihr Täschchen gleiten und folgte seinem Blick. »Eine Espe.«

»*Das* ist eine Espe? Ich habe, glaube ich, noch nie eine gesehen. Espen und Birken und ein winterfestes Holzhaus. Hier kann man bestimmt gut denken.«

Ines blickte ihn scheel an, quer über die Motorhaube. »Wenn man kann, ja.« Sie ging zum Haus, stieg die zwei Stufen zur Terrasse empor, wühlte in ihrer Handtasche und förderte einen neuen Schlüsselbund zutage.

Matzbach belud sich mit Gepäck und folgte ihr. Nachdem sie ihm die dringenden Örtlichkeiten gezeigt hatte, wies sie auf die beiden Türen gegenüber vom Eingang.

»Das rechts ist das große und hier daneben das kleine Schlafzimmer. Eh, wie ...?«

»Ich nehme das kleine, wenn du das mit dem ›eh‹ meinst.«

Nachdem er die Koffer abgestellt und sich notdürftig erleichtert hatte, wandte er sich wieder an Ines.

»Sag mal, wer war denn dieser ulkige Mensch mit der Schlägermütze, der da vorne im Wald gearbeitet hat?«

Ines blickte von der Kaffeemaschine auf. »Der Abgeordnete. Ach so, du kennst dich ja nicht aus.«

»Doch, doch, Herr Isaakson, Abgeordneter im schwedischen Reichstag.«

Ines stemmte die Hände in die Hüften. »Woher weißt du das denn nun schon wieder?«

Baltasar räusperte sich mehrfach und blickte aus dem Fenster. »Hm, ich habe mir erlaubt, die von Fredos bedeutender Zeitung gesammelten Unterlagen auszuleihen, um mich zu bilden.«

Ines riß die Augen auf. »Oh.«

»So ist es. Wo soll ich deinen Koffer hinbringen?«

Ines sagte schwach: »Ins große Schlafzimmer.«

Matzbach verschob die Erkundungen auf den nächsten Tag, zumal es schnell dunkel wurde. Er betätigte sich in der Kochecke, bereitete ein lukullisches Mal aus gebackenen Bohnen und Spiegeleiern und verzog sich danach mit einem Buch ins kleinere der beiden Schlafzimmer.

Ines Finkel setzte sich noch vor den Fernseher; später tigerte sie eine Weile im Wohnraum auf und ab. Schließlich klopfte sie an Matzbachs Tür.

»He, du.«

Matzbach grunzte. »Ich kaufe nichts.«

»Ich wollte nur was vorschlagen.«

»Ich lausche gespannt.«

»Wenn wir jetzt schon zusammen hier hausen, sollten wir vielleicht halbwegs freundlich miteinander umgehen.«

Matzbach grinste vor sich hin und blickte zur Tür. »Von mir aus. Ich wünsche dir halbwegs freundlich eine halbwegs gute Nacht.«

»Herzlichen Dank, du Aas.«

Aus dem Radiorecorder troff Händels Wassermusik. Vermutlich zwitscherten draußen Vögel. Matzbach hob seine leere Gabel und betrachtete sie bedauernd.

»Feines nahrhaftes Frühstück.« Er rülpste. »Haben wir noch Kaffee?«

Ines, die ihm gegenüber am Tisch saß, riß sich einen Moment von ihrer Frühstückslektüre los, langte nach der Kanne und goß ihm ein. »Da.«

»Empfindsamen Dank. Bist du schon wach genug für Fragen?«

»Schieß los.«

»Moment, nun schieb doch nicht deine feine Lektüre beiseite. Darf ich mal?«

Sie schob ihm ein paar grelle Comics zu.

»Danke. Jesses, wie blutrünstig.«

»Ja, nicht? Fantasy-Comics für Erwachsene, mit viel Blut und Magie und Drachen und Sex. Was man in Ferien so braucht.« Sie lächelte und legte den Kopf schief.

Matzbach stülpte die Lippen vor. »Mein Bedarf an Drachen und Magie ist in Ferien auch nicht größer als sonst.« Dann rieb er sich den Rücken und kniff das linke Auge zu. »Über den Sex sollten wir noch einmal reden. Dieses Bettchen im kleinen Zimmer ist wirklich arg unbequem.«

Ines kicherte. »Um die Aufzählung zu vollenden, würde ich gerne sagen, ich habe meine Tage. Aber hast du nicht selbst irgend etwas gesagt wie nix, solange ich nicht weiß, worauf das hinausläuft?«

»Erst die Arbeit, dann das Mißvergnügen«, knurrte Baltasar. »Sex ist ohnehin kein Ersatz für Gymnastik. – Wer hat denn eigentlich diese Mengen Comics angeschafft?«

Ines lächelte. »Fredo.«

»Hat er so was öfter gelesen?«

»Nee. Ich hab' mich schon gewundert. Mich hat er immer verspottet, wenn ich Mickymaus oder Asterix gelesen habe.«

Matzbach blätterte in den Werken herum. »Ei. Wei. Eiwei. Und wie heißt der begabte Künstler, wo solches verbricht? Lobytoby? Sagenhaftes Pseudonym. – Sag mal, hast du 'ne genaue Karte von der Gegend hier?«

Ines blinzelte, blickte suchend durch den Raum und stand auf. »Ja. Warte mal, die müßte unterm Fernseher liegen.«

Mit betontem Hüftschwung tänzelte sie zwischen den Ikea-Sesseln entlang, warf einen ziellosen Blick in den Kamin, kramte in der Ablage unter dem Fernseher und kehrte zum Eßtisch zurück. »Da ist sie.«

Matzbach entfaltete die Karte und breitete sie sorgsam aus. »Ssssso. Ah, das Haus hier habt ihr eingezeichnet. Und ziemlich viel Gegend. Hmmmm. Und jede Menge kleiner Wege.«

Ines zündete sich eine ihrer überlangen Zigaretten an. »Stimmt, aber ich hab' dir ja gesagt, Fredo haßt Wandern. Alle Wege führen an Gehöften vorbei; die meisten Bauern haben Hunde. Wenn Fredo über einen Waldweg gegangen wär', dann hätte jemand ihn gesehen oder ein Hund hätte gebellt, oder so.«

Matzbach nickte. »Tja, zu dem Schluß ist auch das Team seiner Kollegen gekommen. Desgleichen die schwedische Polizei. – Was ist eigentlich zwischen den Wegen?«

»Sumpf und Felsen und Wald. Vielleicht kann man da durch, wenn man sich auskennt und hohe Stiefel hat. Oder Stelzen.«

»Was ist mit den Gehöften?«

»Die Bauern haben Gemüsegärten und leben von Holzwirtschaft.«

Matzbach klemmte sich eine unangezündete Zigarre zwischen die Zähne und sprach um sie herum. »Aha. Hügel. Felsen. Sumpf. Wald. Kleine Gehöfte. Tja, sieht wirklich so aus, als ob er nirgends ungesehen raus kann. Wir werden uns also ein bißchen mit den Leuten befassen müssen. – Hat die Polizei hier eigentlich irgendwas beschlagnahmt?«

Ines schüttelte den Kopf. »Sie haben nichts gefunden. Nicht mal 'nen Film in der Kamera.«

Matzbach runzelte die Stirn. »Bitte? Ich denke, er ist mit Kamera und Fernrohr rumgerudert?«

»Das schon, aber ich hab' zwischendurch auf den Bildzähler geschaut – stand immer auf Null. Er hat also nicht geknipst.«

»Hm. Finde ich sehr rücksichtsvoll. Sonst müßte ich jetzt auch noch Filme suchen. Aber wie steht's mit Notizen?«

»Er hat jeden Abend alles in den Kamin geworfen.«

Matzbach blickte traurig drein. »Also gibt's nichts?«

Ines stand wieder auf. »Nur ein paar Schmierzettel.« Sie ging zum Fernseher und kramte in einem Körbchen, das auf dem Gerät stand. Als sie zurückkam, hielt sie etliche Fetzen in der Hand. »Hier. Ist aber nix Brauchbares dabei.«

Baltasar nahm das Häufchen entgegen und wühlte darin herum. »Einkaufszettel. Tankquittungen. Eine Telefonnummer. Und was soll das hier heißen? Lieber Himmel, ist das eine Klaue!«

»Zeig mal.«

Matzbach schob ihr einen kleinen karierten Zettel hin, der aussah wie aus einem Notizbuch gerissen.

»Hm – das könnte vielleicht Soka oder Sofa oder Soya oder so was heißen. Und das? Ulmbach? Ulmbache? Ulmbake?«

Matzbach nahm den Zettel wieder entgegen. Versonnen sagte er: »Soka und Ulmbach. Hm. Hat sich die Polizei irgend etwas besonders genau angeschaut. Zum Beispiel die Comics?«

Ines musterte ihn verwundert. »Also, die zum Beispiel nicht. Warum denn?«

Matzbach riß ein Streichholz an und entzündete endlich seine Zigarre. Paffend sagte er: »Ich finde es einfach merkwürdig, daß Alfred diese Fantasy-Comics hortet, wo er doch vorher nie was von Comics wissen wollte. Hat er dir mal was von der FaFiFo erzählt?«

»Wovon bitte?!«

Matzbach pfiff leise durch die Zähne. »Hmph. Er hat ja nicht nur für das Boulevardblatt, die tägliche Dreckschleuder, geschrieben, sondern auch für die damit zusammenhängende Illustrierte, das wöchentliche Unflatkatapult.«

Ines kicherte. »Das paßt. – Ach, Moment, jetzt weiß ich, was du meinst. Ja, er hat im Frühjahr diesen Bericht über kleine deutsche Filmstudios gemacht, das stimmt. FaFiFo, ja klar, jetzt weiß ich's wieder.« Sie hob eine Braue. »War das auch in den Unterlagen, die du von denen gekriegt hast?«

»Ja. Weißt du, worum es ihm dabei ging?«

»Nee. Ich weiß bloß, daß er hinterher angefangen hat, fantastische Videos anzuschleppen.«

Matzbach deutete mit seiner Zigarre auf sie. »Kannst du das gnädiglich präzisieren?«

Ines wedelte den dicksten Qualm beiseite. »Also, bis dahin hatten wir alte Filme, *Casablanca* und so was, und ein paar Pornos zum Anwärmen. Und dann schleppt Fredo plötzlich Zeichentrickfilme an – *Bambi, Peter Pan, Dschungelbuch* und so.«

Matzbach nahm die Unterlippe zwischen die Zähne. »Hm. Sehr inserent. Das ist doch mal ganz was andreas. Nur mal agamemnon, das hätte was zu bedeuten. Das hätte zum Beischlaf ...«

»Zum was?« Ines grinste.

»Zum Bleistift.«

»Ach so.«

»Das hätte also etwas mit der FaFiFo zu tun und seinem Bericht über die und andere kleine Filmstudios. Wie wäre das?«

Ines drückte ihre Zigarette aus. »Was heißt denn dieses FaFiFo eigentlich?«

»Fantasy-Film-Forum. FaFiFo. Du kapieren? Ein kleiner Betrieb in einem Kaff bei München, mit Atelier und Kino.«

Ines rümpfte die Nase. »Und du meinst ...«

Matzbach wedelte mit der Hand. »Ich meine im Moment noch nichts. Mir fällt nur auf, daß Alfred einen Bericht über eine bestimmte Filmgesellschaft schreibt; die Gesellschaft stellt billige, schlechte, fantastische Zeichentricksachen her; und plötzlich interessiert Fredo sich für Fantasy-Comics. Und weißt du was? Wie heißt der Artist, der diese Comics hier gemalt hat? Lobytoby?«

Ines blätterte. »So ähnlich. Ja, Lobytoby.«

Matzbach nickte. »Siehst du, und im Bericht über die FaFiFo erwähnt Fredo, daß der bekannte Comic-Zeichner Lobytoby gelegentlich für die FaFiFo arbeitet.«

»Ja, schön, aber was soll das? Bringt uns das weiter?«

»Das wird sich erst noch weisen. Hat Alfred sonst in den letzten Monaten auffällige Dinge getan?«

Ines überlegte. »Computerbücher hat er gelesen. Dicke. Auf Englisch.«

»Weißt du irgendwelche Titel?«

»Ich hab' mich für seinen Kram nicht interessiert.«

Matzbach seufzte. »Na gut. Und Fredo ist mit Fernrohr und Kamera auf dem See rumgerudert. Was kann er mit dem Fernglas gewollt haben? Etwas beobachten, klar, aber was? Bäume? Fische? Seltene Rieseninsekten, die in der Abenddämmerung über die Bootsstege huschen und melancholisch in die Wogen schiffen? O nein und abermals nein.«

»Hach.«

»Sondern vielmehr Leute, denke ich. Und deren Behausungen.«

»Hach.«

Mit Hilfe des Meßtischblatts vertiefte Matzbach seine Ortskenntnisse, die er den Zeitungsunterlagen verdankte. Der See ähnelte grob der Insel Britannien, um 90 Grad gekippt, mit Schottland als Ostspitze. Das Haus der Finkels lag etwa an der Themsemündung. Bei Südengland und Cornwall war das Ufer versumpft, Schilffelder zogen sich bis weit ins Wasser hinein. Etwa bei Southampton rieselte ein Bach durchs Schilf, der den See mit Frischwasser versorgte. Die gesamte Irische See war ein felsiges Ufer, an dem keine

Häuser standen. Der See war nur über eine einzige Straße zu erreichen, die südlich durch den Wald führte. Alle Häuser lagen zwischen Schottland und Norfolk und hatten Bootsstege. An der schottischen Küste gab es einen kleinen Bauernhof, daneben das Häuschen einer alten Witwe. Diese beiden Häuser waren vom See aus nicht zu sehen, wie Baltasar bald feststellte.

Matzbach beschloß, sich praktische Ortskenntnisse zu verschaffen. Alfred Finkels hinterlassene Gummistiefel paßten ihm. Es war ein klarer, kalter Herbstsonntag. Baltasar hüllte sich in eine wattierte Windjacke, steckte Zigarren ein und stapfte zum Bootssteg. Eineinhalb Stunden lang ruderte er in Ufernähe um den See. Kurz nach Mittag machte er am Steg des Bauernhofs fest.

Dort fand er einen Sohn vor, der ein wenig Englisch verstand. Das Gespräch war freundlich, kurz und unergiebig. Die alte Witwe im nächsten Häuschen sprach nur Schwedisch, und Matzbach beschränkte sich auf Grinsen, Nicken und Winken, vermischt mit etlichen »Hejs«.

Das nächste Haus gehörte einem pensionierten deutschen Offizier; er und seine Frau machten Ferien bei Verwandten auf dem Kontinent und waren auch zum Zeitpunkt von Finkels Verschwinden nicht dagewesen.

Leise pfeifend spazierte Matzbach die Fahrstraße entlang, einen Waldweg. Die drei restlichen Häuser und ihre Bewohner interessierten ihn ohnehin am meisten.

Der schwedische Abgeordnete Isaakson, ein stämmiger, breitschultriger Mann, trug einen blauen Overall und wühlte in seinem Gemüsegarten. Als Matzbach näherkam, richtete er sich auf. Auf seinem Kopf ritt eine knallrote Schiebermütze, die vermutlich auch dazu diente, ihn bei den jährlichen Jagden von dem Elch zu unterscheiden, mit dem er dank seiner Nase Ähnlichkeiten hatte.

Matzbach setzte sein freundlichstes Gesicht auf und sagte: »Hej.«

»Hej. Sie sind gestern mit dem Porsche angekommen, wie?« Isaakson wischte sich die Hände am Overall; sein Deutsch war ohne jeden Akzent.

»Ja. Und Sie sind der Herr Abgeordnete, wie?«

Isaakson lächelte. »Im Moment nicht; im Moment hab' ich frei. Kommen Sie mit ins Haus? Kaffee trinken?«

Matzbach verneigte sich gemessen. »Wie ich hörte, ist das eine schwedische Passion. Sehr gern, ja.«

Isaakson ging voraus in das ockerfarbene, vermutlich winterfeste Holzhaus. Die Einrichtung des Wohnraums war sparsam, aber gediegen; es gab viele Bücher und ein paar bequeme Plüschsessel. An der Wand neben dem Kamin hing ein Elchkopf mit Karies und Habsburger-Lippe.

Isaakson deutete stumm auf die Sessel, verschwand in seiner kleinen Küche und kehrte fast augenblicklich mit einer dampfenden Glaskanne und zwei Bechern zurück.

»So. Der Kaffee ist immer fertig.«

Baltasar sah ihm beim Eingießen zu, nahm dann ein wenig Zucker und viel Milch. Er hob den Becher. »Danke. Skol.«

»Ebenfalls. Sagen Sie, das ist doch der Wagen von Frau Finkel gewesen, oder?«

Matzbach nickte. »Ja, sie hat mich gebeten, mich mit dem Verbleib ihres Mannes zu beschäftigen.«

Isaakson musterte ihn aufmerksam. »Sind Sie Kriminalbeamter?« Die Frage klang, als wollte er hinzusetzen: Sie sehen gar nicht so aus.

»Nein, eher so eine Art Hobbydetektiv.«

»Ah. Und Sie wollen etwas herausfinden, was unserer tüchtigen Kriminalpolizei nicht gelungen ist?« Er lächelte sanft.

»Ich will es wenigstens versuchen. Große Chancen sehe ich aber nicht.«

Isaakson wackelte mit dem Kopf. »Dem würde ich zustimmen. Aber ich will Ihnen gern helfen, soweit ich kann.«

Matzbach sog behutsam Luft durch die geblähten Nüstern. Es roch nach einem Nichtraucher-Haus; einen Aschbecher konnte er nirgends sehen. Er unterdrückte seine Gelüste und sagte: »Was können Sie mir über Herrn Finkel erzählen?«

Isaakson zuckte mit den Achseln. »Nicht viel. Er war im Sommer ein- oder zweimal bei mir – einfach so, wie Sie jetzt, Kaffee trinken und über die Welt plaudern. Das ist alles.«

Matzbach nickte. »Eine indiskrete Frage – Sie wohnen allein hier?«

Isaakson lachte. »Ich wohne gar nicht hier. Ich wohne in Stockholm. Hierher komme ich nur, wenn ich Zeit habe. Das ist oft genug, um einen Gemüsegarten anzulegen. Aber zu selten, um ihn wirklich zu genießen. Manchmal begleitet mich eine liebenswürdige Mitarbeiterin. Außerdem habe ich natürlich gelegentlich Gäste.« Er zwinkerte. »Man muß bestimmte Leute einladen, damit sie einen nicht vergessen. Gespräche im Wald sind förderlich für gemeinsame Interessen.«

Matzbach nickte. »So sagt man. Laden Sie nur Geschäftspartner oder politisch wichtige Leute ein?«

»Nein, natürlich nicht. Auch Freunde und Bekannte.«

»Dumme Nebenfrage – angeln Sie?«

Isaakson nickte heftig. »Natürlich. Das Wasser ist noch gesund. Hier gibt es besonders feine Hechte.«

Matzbach schmatzte. »Ah. Zum Beispiel mit *crème fraîche* und Estragon?«

Isaakson grinste. »Nein, die schwimmen hier einfach so herum.«

Matzbach grinste ebenfalls. »Bedauerlich. – Wie kommen Sie denn mit Ihren Nachbarn aus?«

Isaakson stellte den Kaffeebecher ab und verschränkte die Hände hinter dem Kopf. »Gut, gut. Man sieht sich ja kaum. Die Winters nebenan, wissen Sie, sind recht hinfällig. Er ist gehbehindert. Der einzige, der häufiger herkommt, ist dieser Maler, Günster. Er ist immer eingeladen, wenn ich Gäste habe. Ein Maler, das beeindruckt die geistlosen Politiker und Wirtschaftsleute. Wie ein seltenes Tier.«

Matzbach hob eine Braue. »Was malt er denn so?«

»Ach, zum Beispiel stark verfremdete Landschaften.« Er kicherte. »Außerdem Comics, aber unter Pseudonym. Sagen Sie bloß nichts davon. Das darf nämlich keiner wissen.«

Matzbach nickte. »Ich werde schweigen wie ein Grab im Walde. Außerdem interessieren mich Comics nicht besonders. – Sind Sie schon lange Abgeordneter?«

»Zwei Perioden. Sagt man das so?«

»Zwei Wahlperioden.«

»Ah ja, zwei Wahlperioden. Vorher war ich im Diplomatischen Dienst. Bis Parteifreunde mich überredet haben, die Branche zu wechseln.«

»Dann waren Sie also im Ausland?«

»Ja. In Lissabon, in Sofia und in Ost-Berlin.«

Matzbach nickte langsam. »Das erklärt auch Ihr vorzügliches Deutsch.«

Isaakson lächelte. »Danke, aber das gehört dazu, ja. Es waren gute Zeiten. Was ich jetzt mache, ist natürlich aufregender, aber manchmal wünschte ich mir weniger Aufregung. Immerhin, die alten Kontakte reißen nicht ganz ab.«

Matzbach starrte in seinen halbleeren Becher. »Das heißt, man besucht Sie hier gelegentlich?«

»Hier und in Stockholm. Neulich war zum Beispiel wieder ein alter Freund aus Sofia hier, von der dortigen Botschaft der Mongolischen Volksrepublik.«

Matzbach grinste schwach. »Vermutlich der erste Mongole im schwedischen Wald, wie?«

Isaakson kicherte. »Möglich. Er war aber schon voriges Jahr hier. Diesmal ist er drei Wochen geblieben. Übrigens hat er sich mit Ihrem Landsmann, dem Maler, Günster, sehr gut verstanden. Die beiden waren viel zusammen. Man sollte ja nicht meinen, daß ein deutscher Maler und ein mongolischer Ökonom viel miteinander zu bereden hätten, oder?«

Matzbach rutschte im Sessel herum. »Das kommt darauf an. Ihr mongolischer Freund war also in Sofia in der Wirtschaftsabteilung seiner Botschaft?«

»Ja. Nicht besonders gern, aber man muß gehen, wohin man geschickt wird.«

Matzbach seufzte. »Ach, dieses oder ein ähnliches Los trifft uns alle. Was hat ihm denn in Sofia nicht gefallen? Außer Sofia?«

»Der Gute ist eigentlich Mikroelektroniker; er hat in der Sowjetunion studiert. Aber was, bitte sehr, soll ein Mikroelektroniker in Sofia?« Isaakson breitete die Arme aus.

Matzbach legte den Kopf schief. »Wahrscheinlich wäre er lieber Botschafter in Silicon Valley, oder?«

Isaakson lachte. »Natürlich. Bis Silicon Valley sich von den USA für unabhängig erklärt, wird es da aber keine mongolische Botschaft geben.«

Das Haus des Malers war das einzige, das über eine Garage verfügte; sie stand offen und war leer. Trotzdem ging Baltasar zum Haus und klopfte. Dann wandte er sich knurrend ab und stapfte zum nächsten, dem letzten Haus. Es gehörte einem gehbehinderten Bauunternehmer aus Frankfurt; er hatte die Firma seinem Schwiegersohn überschrieben und probte mit seiner zierlichen Frau das gesunde Leben im Wald.

Als auch hier niemand auf sein Klopfen reagierte, ging Matzbach mit einer gewissen Dreistigkeit um das Haus herum. Der invalide Bauunternehmer und seine sehr zerbrechlich wirkende Frau saßen in Decken gehüllt auf der zum See blickenden Terrasse und genossen die Herbstsonne. Sie begrüßten Matzbach freundlich und baten ihn, sich zu ihnen zu setzen. Mit Interesse sah Baltasar über den Bootssteg führende Schienen und eine flaschenzugähnliche Vorrichtung am Ende; auf diese Weise konnte der behinderte Herr Winter mit dem Rollstuhl zum Ende des Stegs gelangen und sich ins Boot hieven.

Auch hier gab es sofort Kaffee. Nachdem Matzbach in dürren Worten sein Anliegen umrissen hatte, beugte Winter sich vor. Das runzlige Gesicht unter den grauen Haaren war gerötet; die Augen blickten wach, aber nicht besonders neugierig.

»Sie sind also Privatdetektiv?«

»So was Ähnliches jedenfalls.«

Frau Winter faßte sich an den Dutt, zu dem sie ihre dünnen Silberhaare aufgetürmt hatte, und blickte traurig auf den See hinaus. »Dann weiß man also immer noch nicht, was aus dem armen Herrn Finkel geworden ist?«

»So ist es, Frau Winter. Ich schließe aus Ihrer Frage, daß Sie nicht viel von dem erfahren, was hier passiert.«

Winter nickte. In seiner Stimme lag keinerlei Bedauern, als er sagte: »Das stimmt. Wie sollten wir auch?«

Frau Winter warf ein: »Wissen Sie, leider habe ich nie Auto fahren gelernt. Einmal pro Woche lassen wir uns ein Taxi kommen und fahren einkaufen. Das ist alles, was wir hier herum von der Welt sehen.«

»Und«, sagte Winter, »mit den Nachbarn haben wir nicht viel Kontakt. Es ist uns auch ganz recht; wenn wir pausenlos Betrieb haben wollten, hätten wir ja gleich in Frankfurt bleiben können.«

»Da haben Sie natürlich recht, aber ich dachte, daß Herr Finkel vielleicht mal bei Ihnen gewesen ist. Oder Sie ihn auf dem See gesehen haben.«

Winter hob die Achseln. »Von fern, ein paarmal. Rudern kann ich ja noch, und angeln, zum Glück. Aber da haben wir uns nur zugewinkt.«

»Und bei uns im Haus ist er nie gewesen«, sagte Frau Winter.

»Wissen Sie, ob Finkel mit Ihren Nachbarn mehr Kontakt hatte?«

»Ich glaube kaum«, sagte Winter. »Hier sind alle sehr zurückhaltend.« Er überlegte einen Moment. »Möglich wäre es, daß Herr Finkel mal bei Herrn Isaakson zu Gast war, wenn der Gäste hatte. Aber ich weiß es nicht. Wir selbst sind selten dabeigewesen; es ist einfach zu beschwerlich, wissen Sie. Ich kann sogar mit Krücken kaum gehen. Aber Herr Finkel könnte dagewesen sein. Vielleicht ist er auch mal bei dem Maler gewesen, Herrn Günster.«

Matzbach nickte. »Eine ganz andere Frage. Sie haben eben vom Angeln geredet. Gibt es viele Fische im See? Und angeln hier alle?«

Winter lächelte; dieses Thema schien das einzige zu sein, bei dem er sich wirklich erwärmte. »Ja. Der Bauer drüben legt Netze aus. Die anderen angeln, je nachdem, mit Wurfangel oder Setzangel. Vor allem Herr Günster; der macht es mit Schwimmer und Spindel, vom Boot aus. Und Fisch gibt es reichlich. Wir haben schon Barsche und Schleien gehabt, aber vor allem Hechte.«

Matzbach leckte sich die Lippen. »Wie bereiten Sie die zu? Mit Sahne und Estragon, zum Beispiel?«

Frau Winter blickte ihren Mann an. »Das ist eine Idee. Sollten wir mal versuchen. Nein, wir nehmen in der Regel einfach Alufolie, dazu ein paar Gewürze und möglichst frisches, harziges Holz.«

Der deutsche Maler war noch immer nicht wieder da; Matzbach hob ihn sich für den nächsten Vormittag auf und ging zurück zu Finkels Miethaus.

Den Rest des Tages verbrachte er damit, Musik zu hören und Comics zu lesen. Er arbeitete sich unter gelegentlichem Seufzen oder Schnauben durch den ganzen Stapel, den Alfred Finkel hinterlassen hatte. An einer Stelle kicherte er plötzlich schrill, blätterte dann aber weiter, ohne auf Ines'

Fragen zu antworten. An einer anderen Stelle, in einem anderen Heft, begann er sehr konzentriert zu lesen. Dann wandte er sich an Ines, die auf der Couch lag und einen Heftroman las; er mußte laut sprechen, um die Bachfuge zu übertönen.

»Hör mal.«

Ines schluchzte leise.

»Eh, warum heulst du?«

»Dieser Liebesroman ist so ergreifend. Was ist denn?«

Matzbach klopfte auf den Stapel Comics. »Ich will dir was zeigen. Von Lobytoby.«

Ines stand auf und kam zum großen Eßtisch herüber. Ihre vom Liegen verrutschte Bluse war oben weit offen; Matzbach blickte ihr ein wenig zweifelnd entgegen. Sie stellte sich hinter ihn, stützte die Ellenbogen auf seine Schultern, blies ihm sanft in den Nacken und rieb dann ihre Wange an seiner rechten Ohrmuschel. Dazu gurrte sie.

»Eh«, sagte Baltasar.

»Ja?«

»Was ist los?«

»Der Roman, den ich eben gelesen habe, ist nicht nur ergreifend; er ist auch inspirierend.«

Baltasar kollerte. »Meinungsänderung?«

Ines klemmte eine Hand zwischen seinen Rücken und die Stuhllehne. »Wie, eh, was macht dein Rücken?«

Baltasar schüttelte sanft, aber nachdrücklich den Kopf. »Ich glaube, ich kann mich an das kleine Bett gewöhnen.«

Ines seufzte und richtete sich auf. »Ich finde dieses Ping-Pong-Spiel nicht besonders interessant, aber der Ball ist jetzt wieder in deiner Hälfte.« Dann kicherte sie. »Ball-ta-sar.«

Matzbach räusperte sich. »Kommen wir zu Lobytoby. Hier. In einem Heft vom letzten Herbst, laut Nummer und Impressum. Da ist was unterstrichen. Hast du das gemacht?«

Ines beugte sich sehr weit vor; Baltasar warf einen Blick in ihre Bluse und gluckste zweimal.

»Nee. Das muß Alfred gewesen sein.«

Es handelte sich um den Beginn einer neuen abenteuerlichen Episode; in einem längeren einleitenden Textstück ohne Zeichnungen waren die Namen der beiden Helden unterstrichen, *Ifaso* und *Torba*.

Plötzlich sog Ines scharf die Luft ein. »Hm. Komisch.«

»Was ist komisch? Daß Alfred Namen unterstrichen hat?«

»Nee. Hier.« Sie blätterte weiter nach hinten. »Fällt mir gerade wieder ein. Das Heft hat er mir gezeigt. Da, ein paar Seiten weiter. Die beiden Helden Ifaso und Torba ziehen durch eine seltsame Landschaft.«

Matzbach nickte. »Ja. Und Ifaso und Torba, die beiden Namen hatte er weiter vorn unterstrichen.«

Ines nickte. »Ich weiß nicht weshalb. Aber die Landschaft, die ist hier ganz in der Nähe.«

Matzbach runzelte die Stirn. »Ach! Diese, tja, was ist das? Unendlich vergrößerte Heidelandschaft? Zwei Meter hohe Erika mit Riesenvogelbeeren?«

In der fraglichen Bildsequenz schlichen die beiden schwerbewaffneten und spärlich bekleideten Helden durch eine teils rostrote, teils morastgrüne Urlandschaft. Matzbachs Beschreibung war nicht ganz falsch.

»Ja. Ganz in der Nähe. Fredo hat mir die Bilder gezeigt, weil er die Landschaft komisch fand. Aber er hat ja Wandern gehaßt. Deshalb hatte er sie selbst nicht gesehen. Ich hab' ihm gesagt, daß das nicht weit weg ist.« Ines holte die Karte und breitete sie aus. Sie wies auf eine Stelle grob südwestlich des markierten Hauses. »Hier. Der ganze Wald steckt voll Ruinen – alte Bauernhäuser. Was ist das – Westen? Also hier, am Westende von dieser Pünktchensammlung – das muß mal fast so was wie ein Dorf gewesen sein –, da steht noch eine halbverfallene Kapelle. Dahinter wieder Wald; dann kommt die riesige Erikaveranstaltung.«

Matzbach blickte nachdenklich auf die Karte. »Seltsam. Übrigens wimmelt es in dem Comic-Heft von Ruinen im Wald.«

»Ich frag' mich bloß«, sagte Ines, »wieso die alten Häuser völlig kaputt sind, aber die Kapelle hat sogar noch so was wie ein Dach.«

Matzbach zündete sich paffend eine Brasil an; Ines ging auf Distanz. »So, hat sie? Interessant. Das liegt an der Frömmigkeit des gemeinen Nordeuropäers, schätze ich. Die anderen Häuser haben den Nachkömmlingen wahrscheinlich als Steinbruch gedient, aber an die Kapelle wollte keiner ran. Kann man da rein?«

Ines ging um den Tisch herum und setzte sich Baltasar gegenüber. »In die Kapelle? Glaub' ich nicht. Die Türen sind uralt und aufgequollen. Vielleicht mit Gewalt. Ich hab's aber nicht versucht.« Dann riß sie die Augen auf. »Sag mal. Du, ob das 'ne Spur ist? Hier wohnt doch ein deutscher Maler, dieser Günster, Frithjof Günster. Und der Zeichner Lobytoby malt Sachen, die hier im Wald stehen könnten. Ob Günster etwa Lobytoby ist?«

Matzbach grunzte unbestimmt, nahm die Zigarre aus dem Mund, fuchtelte damit in der Luft und murmelte: »Da gibt's noch was.«

»Was denn?«

Er wühlte in dem Comic-Stapel und zog ein Heft heraus. »Hier, das könnte dich interessieren. Das hat mich vorhin zu einem herzlichen, wiewohl schrillen Lachen inspiriert.« Er schob ihr das aufgeschlagene Heft hin.

Ines betrachtete ein wenig verwundert die Szenerie. Es war eine handlungsarme Sequenz; die Bilder zeigten, aus unterschiedlichen Entfernungen und Perspektiven, eine Art Meerenge zwischen größeren Inseln. Über einem flachen, dschungelgesäumten Sandstrand ragte ein seltsames Gerüst mit Ausguck auf. Darin saß ein Fabelwesen mit nackenlosem Kopf, in dem drei Augen glommen, sowie mit Schuppen,

Schwimmhäuten zwischen den Fingern und einem Echsenschwanz. Dieses Wesen starrte über die Meerenge dorthin, wo sich auf einer der Inseln ein zackiger Vulkan erhob.

»Scheußliches Vieh«, sagte Ines.

Matzbach zuckte mit den Achseln und grinste. »Ich weiß nicht, wie dieser Posten *uns* fände. Aber schau dir mal das Wasser an.«

Erneut betrachtete Ines die Zeichnungen. »Komisch«, sagte sie dann langsam. »Das sieht aus, als ob da absolut gerade Furchen oder Striemen im Wasser wären.«

Matzbach deutete mit der Zigarre auf das Heft. »Eben. Das ist eines der ersten Hefte von Lobytoby. Ist schon ein paar Jahre alt. Und ich finde das sehr interessant.« Ines blickte ihn fragend an.

»Es gibt nämlich«, dozierte er, »eine Geschichte von Kipling, über einen Leuchtturmwärter an einer einsamen Meerenge im heutigen Indonesien.* Dieser Leuchtturmwärter wird in der Einsamkeit allmählich verrückt und bildet sich ein, daß die vorbeifahrenden Schiffe Striemen ins Wasser machen. Und weil er in seinem Kopf nur noch Striemen sieht und deswegen nicht mal mehr schlafen kann, versucht er, die Wasserstraße zu blockieren, damit keine Schiffe mehr durchfahren.«

Ines hob eine Braue. »Ja, schön, aber was soll das?«

»Am Ende der Wasserstraße«, sagte Matzbach mit Betonung, »wenn auch nicht auf dem Ufer, auf dem er hier gemalt ist, steht ein Vulkan.« Er beugte sich vor. »Und weißt du, wie dieser Vulkan heißt? Heute steht er als Lewotobi im Atlas; aber bei Kipling heißt er Lobytoby.« Er lehnte sich zurück, strahlte und nuckelte an seiner Zigarre.

»Oho«, sagte Ines. »Daher hat er also sein Pseudonym. Aber was meinst du? Ob Günster Lobytoby ist?«

Baltasar schwieg eine Weile und starrte an die Decke.

* Rudyard Kipling: »Der Verkehrsstörer«, in *Vielerlei Schliche* (Zürich 1987)

Schließlich sagte er: »Wahrscheinlich. Tja. Das und ein paar andere Dinge würd' ich gern feststellen. Oder feststellen lassen.«

Abends lieh Matzbach sich den weißen Porsche der Modistin und fuhr in den nächsten Ort, wo es eine Telefonzelle für internationalen Selbstwählverkehr gab. Nach mehreren Fehlversuchen erreichte er seinen Freund Morungen unter dem Anschluß einer netten jungen Dame und bat ihn, bis zum folgenden Mittag ein paar Informationen zu beschaffen.

Nach seiner Rückkehr ins Haus am See aß er schweigend ein Häppchen; dabei las er Schopenhauers *Parerga und Paralipomena* und kicherte gelegentlich. Ines schaute sich im Fernsehen einen Western an, in dem gerade ein paar Männer ein paar Frauen sehr schäbig behandelten. Als Baltasar hinter ihren Sessel trat, um ihr den Kopf zu kraulen, wehrte sie ab.

»Ach«, sagte Baltasar mit leichtem Grinsen, »nun ist die Bluse zugeknöpft.«

»Allerdings!«

Baltasar zuckte mit den Achseln, ging zurück zum Tisch und nahm Papier und Füller. Er schrieb einen drei Seiten langen Brief, steckte ihn in einen Umschlag, verklebte und adressierte diesen und steckte ihn in seine Jacke.

Am nächsten Morgen frühstückten sie letztmalig von den mitgebrachten Vorräten. Ines beklagte sich über leichte Rückenschmerzen; Baltasar murmelte etwas von »Beileid«, ohne jedoch die Augen von Schopenhauer zu heben. Also floh Ines in einen Horrorcomic. Als Matzbach nach dem Frühstück zur Brasil griff, hustete sie.

»Mußt du so früh mit deinen stinkenden Zigarren anfangen?«

»Liebe Ines, die erstaunliche und ersprießliche Qualität des von dir zubereiteten Frühstücks sorgte eben dafür, daß ich deiner in meinem Busen freundlicher gedachte denn zuvor. Nun mach nicht gleich alles wieder durch Gezänke kaputt.«

Ines seufzte. »Okay, okay, okay. – Was hast du da gestern abend eigentlich noch geschrieben?«

Matzbach klopfte auf die Tasche der hinter ihm über dem Stuhl hängenden Jacke. »Einen kleinen Brief, in dem ein paar Dinge stehen. Möglicherweise wirst du ihn überbringen müssen, aber das weiß ich noch nicht.«

Ines verzog das Gesicht. »Sehr aufschlußreich.«

Baltasar nickte und lächelte freundlich. »Fürwahr. – Ich glaube, ich werde gleich mal den lieben Malermeister Frithjof Günster heimsuchen. Um die letzten Steinchen für das Mosaik zu bekommen.«

Ines zuckte zusammen. »Häh? Was für ein Mosaik? Hast du denn schon was rausbekommen?«

Baltasar lächelte milde. »Das ist alles noch nicht ganz spruchreif, aber ich glaube zu wissen, daß Alfred tot ist. Und wer ihn umgebracht hat. Ich glaube, ich kenne auch das Motiv. Wahrscheinlich weiß ich sogar, wo die Leiche versteckt ist. Ha, hm. Aber darüber muß ich noch ein bißchen grübeln.«

Ines' Augen sprühten. »Nun sag schon!«

Matzbach schüttelte den Kopf.

Sie fauchte ihn an. »Miese alte Ratte. Blödes Kamel. Unerträglicher ...«

Matzbach hob die Hand. »Halt. Du hast mich schon von zehn auf fünfzehn Prozent raufgeschimpft. Halt die Klappe, sonst sind wir gleich bei zwanzig. Oder ist das eine neue Form des Balzens?«

Diesmal war Günsters Garage geschlossen; Baltasar warf einen Blick durchs Garagenfenster und erblickte einen ziemlich neuen Jaguar. Dann klopfte er. Nach kurzer Zeit hörte er im Haus Schritte; die Tür öffnete sich.

»Ja?« Ein hagerer Mann Ende Dreißig stand in der Tür; er hatte ein Habichtsgesicht, trug ein zerschlissenes und bekleckstes Sweatshirt, ausgewaschene Jeans und Jesuslatschen. Er stand leicht gebeugt da, wie ein zu großer Mann, der immer fürchten muß, sich an Türrahmen oder gar Decken den Kopf zu stoßen.

»Entschuldigen Sie die Störung. Matzbach ist mein Name.«

Der Habicht zwinkerte. »Tut mir leid für Sie.«

Matzbach lächelte. »Sehr freundlich. Ich bin so was wie ein Detektiv und befasse mich mit dem Verschwinden von Herrn Finkel. Ich würde Sie gern dazu was fragen dürfen.«

Günster starrte ihn einen Moment mißtrauisch an, zuckte dann mit den Achseln und wandte sich halb ins Haus zurück. »Na ja, kommen Sie rein. Ich hab' zwar alles, was ich weiß, der schwedischen Polizei gesagt und dann noch mal diesen deutschen Journalisten. Aber was soll's?«

Sie gingen ins Haus. Im Wohnraum, der mit tiefen Teppichen ausgelegt war, stand eine Staffelei. Die Wände waren von gefüllten Bücherregalen gesäumt. Günster deutete auf die teure Ledergarnitur und nahm schmutziges Geschirr vom kleinen Couchtisch.

»Bitte sehr. Wollen Sie einen Kaffee?«

»Ja, bitte gern. Darf ich rauchen?«

»Immer.«

Matzbach ließ sich auf das Ledersofa plumpsen, zog seine Zigarren hervor und zündete eine an. Günster erschien mit einem Tablett, auf dem eine Thermoskanne und zwei Becher, Zucker und frische Milch standen. Er setzte alles ab, schob dann Matzbach einen Aschbecher hin und setzte sich ebenfalls.

»So. Dann fragen Sie mal.« Er holte eine zerknautschte Packung Pall Mall aus seiner Hosentasche und goß Kaffee ein. Matzbach gab ihm Feuer.

»Tja, also, um Verdoppelungen zu vermeiden – was Sie

den Journalisten gesagt haben, weiß ich. Die Zeitung hat mir freundlicherweise alle Unterlagen zur Verfügung gestellt. Ich wüßte nur gern, ob Ihnen noch was eingefallen ist.«

Günster hustete und stieß Rauch aus. »Nee. War ohnehin nicht viel. Wir haben uns hier ein paarmal auf dem See getroffen, und er war einmal hier, um sich meine Bilder anzusehen. Das ist alles, was ich zu Herrn Finkel sagen kann.«

»Schade. Wissen Sie, ob er sonst hier in der Gegend mit jemandem viel Kontakt hatte?«

Günster schüttelte energisch den Kopf. »Nee. Kümmer' ich mich auch nicht drum. Ich bin ja zum Arbeiten hier. Manchmal ein bißchen Rudern und Angeln, oder 'ne Partie Schach mit Isaakson, wenn der da ist; aber mehr seh' ich von den Leuten hier nicht.«

Matzbach blickte zum Fenster; auf seinem Gesicht lag ein verklärtes Lächeln. »Alles fischt hier, wie? Ich könnte diese glitschigen Tiere nicht anfassen. Gebraten oder gedünstet, ja.«

Der Maler kicherte. »Das Problem hatte ich am Anfang auch. Aber ich ess' gern Fisch und hab' mich überwunden. Vor allem die Hechte hier – super.«

Baltasar blickte ihn direkt an. »Eine indiskrete Frage. Sind Sie hier allein?«

»Im Moment schon. Meine Freundin arbeitet. Sie kommt her, wenn sie kann, aber das ist nicht oft.«

Matzbach paffte und summte leise. Dann sagte er: »Was Sie da auf der Staffelei haben, das könnte man, glaube ich, ein kubistisches Seestück nennen, wie?«

Günster zuckte mit den Achseln. »Na ja, sagen wir lieber ein Tümpelstück. Außerdem spät am Abend, also fast ein Tümpel-Nachtstück.«

Matzbach legte den Kopf schief. »Kann es sein, daß ich von Ihnen mal ein anderes Landschaftsbild gesehen habe?«

Günster schob sein spitziges Kinn vor. »Was denn für eins?«

»Tja, wenn ich das noch wüßte ... Ich glaube, irgendwas Fantastisches, eher eine Illustration. So eine Art Leuchtturm im Dschungel.«

Günster hustete wieder Rauch aus. »Wie, eh, wie kommen Sie, eh, denn darauf?«

Matzbach breitete die Arme aus. »Stimmt das nicht? Na ja, wahrscheinlich war es doch nicht von Ihnen.« Er bewegte den rechten Arm über seinem Kopf, als ob er ein Lasso werfen wollte. »Eine mächtige Bibliothek haben Sie da. Das ist wahrscheinlich für die langen, einsamen Sommernächte, oder?«

Hinter dem Rauchvorhang klang ein kühles »Wenn Sie meinen« hervor.

»Wenn ich das von hier aus richtig sehe, haben Sie mir neben der Malerei noch was voraus, wovon ich nichts verstehe: Computer. Das sieht aus wie ein netter Haufen Fachliteratur.«

Günster räusperte sich, drückte seine Zigarette aus und stand auf. »Sieht es so aus? Nun denn, soll es so aussehen. Kann ich sonst noch was für Sie tun?«

Matzbach stand ebenfalls auf; für seine letzten Worte nahm er die Zigarre nicht aus dem Mund. »Nein, danke, Sie haben mir sehr geholfen.«

»Also richtig rausgeschmissen hat Günster dich?« Ines kurbelte, damit ihr Porsche nicht in ein besonders tiefes Loch auf dem Waldweg geriet; als die Strecke wieder gefahrenfrei war, blickte sie Matzbach von der Seite an.

Der Dicke starrte geradeaus durch die Windschutzscheibe. »So ungefähr. Als ob ich seinen Zehen allzu nah gekommen wäre; tretmäßig.«

»Und was hast du jetzt vor?«

Er zuckte mit den Achseln. »Telefonieren.«

Ein paar hundert Meter weiter sagte er: »Hör mal, würde es dir etwas ausmachen, wenn wir unseren Proviant im nächsten größeren Ort einkauften? Einem, in dem es vielleicht ein Spielwarengeschäft gibt?«

»Willst du dir ein Mensch-ärgere-dich-nicht kaufen?«

Matzbach grinste. »Mit meinen Rückenschmerzen bleibt mir ja nichts anderes übrig.«

Auf dem Parkplatz im Zentrum der kleinen Küstenstadt trennten sie sich. Während Ines im Supermarkt verschwand, begab sich Matzbach auf die Suche nach Spielwaren. Als er für ein paar Kronen eine alberne Wasserpistole erstanden hatte, fragte er sich in einer Mischung aus Deutsch und Englisch zum Postamt durch. Aus der dortigen Telefonkabine rief er in Bonn an, wobei ihn die Position der Neun auf der Wahlscheibe irritierte.

Nach etlichen Piepsern nahm jemand ab. »Morungen hier. Wer da?« Die Verbindung war passabel.

»Baltasar der Einzige.«

Morungen knurrte irgend etwas. Dann sagte er: »Wahrlich. Paß auf, ich hab' alles rausgekriegt, was du wissen wolltest. Halt dich fest.«

Baltasar schnalzte mit der Zunge. »Bänglich klammere ich mich an den Hörer.«

»Gut so. Also. Herr Frithjof Günster, Kunstmaler, arbeitet unter dem Pseudonym Lobytoby als Comic-Zeichner. Er ist mit einer jungen Dame befreundet, die in der Nähe von München ein kleines Filmstudio mit Kino betreibt. Dieses Etablissement trägt den Namen Fantasy-Film-Forum, kurz FaFiFo.«

Matzbach schnalzte abermals, diesmal etwas intensiver. »Ich höre es mit Vergnügen.«

»Dein Vergnügen wird sich gleich noch steigern. Günster alias Lobytoby hat früher etwas anderes gemacht, ehe er selbständiger Künstler wurde. Und zwar hat er als technischer Zeichner und Informatiker gearbeitet. Und er hat im

Bereich elektronische Datenverarbeitung ein paar Patente angemeldet. Er gilt in Fachkreisen als Hardware-Tüftler.«

Matzbach nickte seinem unsichtbaren Gesprächspartner zu. »Ganz vorzüglich, mein Lieber. Moritz von Morungen, sobald ich wieder die Heimaterde zertrampele, lade ich dich zu einem dreistöckigen Menü ein.«

In der Ferne machte Morungen: »Brrr. Mir ist jetzt schon schlecht.«

Matzbach kicherte. »Mach's gut. Und noch mal danke.«

Fröhlich vor sich hinpfeifend schlenderte Matzbach zum Supermarkt, fand Ines in der Getränkeabteilung, wo sie mit herabgezogenen Mundwinkeln die minimalen Alkoholangaben auf den Etiketten von Bierflaschen musterte. Er füllte den Einkaufswagen mit süßen Keksen und assortierten Leberpasteten auf und schob ihn zur Kasse. Seine Laune war so gut, daß er nicht nur den gesamten Einkauf bezahlte, sondern Ines anschließend auch noch zu einem Imbiß in ein chinesisches Lokal einlud. Als sie wieder zu Hause im Wald waren und die Einkäufe verstaut hatten, blickte Baltasar sich suchend um und nahm ein dickes Kissen von der Couch.

»Das dürfte wohl das dickste und weichste sein, was es in diesem Haus gibt, nicht wahr?«

Ines musterte ihn von Kopf bis Fuß mit einem mehrdeutigen Blick. »Also, Dickeres gibt es hier schon. Und mein Kopfkissen ist weicher.«

Matzbach warf ihr eine Kußhand zu. »Darauf wollen wir doch lieber später zurückgreifen. Nein, ich nehme eines von der Couch.«

Ines brachte die Kaffeemaschine in Gang; über die Schulter sagte sie: »'nen Kaffee hast du eigentlich nicht verdient, bei deiner Geheimniskrämerei. Du grinst wie ein satter Kater. Also war dein Telefonat wohl angenehm. Und du hast die ganze Heimfahrt gesummt und diese komische Tüte befingert. Was hast du denn für ein Spielzeug gekauft?«

Baltasar lächelte sanft. »Wird noch nicht verraten.«

»Und was willst du mit dem Kissen?«

»In kalter Umgebung darauf sitzen. – Hör zu, liebste aller Inesse; ich bedarf deiner Hilfe.«

Ines wackelte in gespielter Überraschung mit dem Kopf. »Das ist aber mal ganz was anderes. Worum geht's?«

Matzbach wühlte in der Innentasche seiner weitläufigen Jacke. »Hier ist der Brief, den ich gestern abend geschrieben habe. Er richtet sich an einen Herrn in der Provinzgroßstadt.«

Ines verließ die Kochecke und kam zu ihm herüber. Sie streckte die Hand aus. »Laß mal sehen. – Kommissar Lundqvist? Was soll das denn werden? Der hat doch die Untersuchung hier gemacht.«

Matzbach nickte. »Eben. Und er spricht gut Deutsch, wie ich den Unterlagen der freundlichen Dreckschleuder entnahm.«

»Ja, ich weiß. Und?«

»In dem Brief gebe ich ihm einige Informationen und bitte um ein Rendezvous. Würdest du hinfahren und den Brief persönlich abgeben? Oder, wenn Lundqvist nicht da ist, dem zuständigen Kollegen?«

Ines seufzte. »Warum machst du das nicht selbst?«

»Ich werde ein paar Dinge in Bewegung setzen«, sagte Baltasar hüstelnd. »Es könnte ein Handgemenge geben; dabei solltest du außer Reichweite sein.« Nachdenklich setzte er hinzu: »Vor allem aber ist die ganze Sache so durchsichtig und einfach, daß ich mich wundere, daß die schwedische Polizei sie nicht längst durchschaut hat. Vielleicht hat sie aber. Durchschaut, meine ich. Und dann würde man mich daran hindern, etwas zu tun, weil man vermutlich noch eine Weile mit dem Etwas-Tun warten will.«

Mürrisch sagte Ines: »Nicht, daß ich was verstünde.«

Baltasar streichelte ihre Wange; sie machte zwar ein verdrossenes Gesicht, wehrte sich aber nicht.

»Du wirst beizeiten verstehen, o Waldgefährtin. Ich schlage vor, wir trinken jetzt ein gemütliches Käffchen. Dann fahren wir noch einmal ein bißchen spazieren.«

»Wohin bitte?«

»Wir werden den Waldweg Richtung Straße fahren, und bei Günsters Haus steige ich aus. Wenn er da ist, rede ich mit ihm und gebe dir dann ein Zeichen. Ich winke nämlich – so.« Er hob die Hand und ließ die Finger mehrmals im rechten Winkel zur unbewegten Handfläche abknicken. »Wenn er nicht da ist, müßten wir uns etwas Neues einfallen lassen.«

»Und wenn er da ist? Was mache ich dann mit deinem Gewinke?«

»Dann fährst du mit meinem Schreiben zu Kommissar Lundqvist.«

Günster war zu Hause; als Matzbach geklopft hatte und im Inneren Schritte hörte, gab er Ines das vereinbarte komplizierte Zeichen, und sie fuhr mit aufheulendem Motor davon.

Die Tür ging auf; Günster blickte Matzbach vergrämt an. »Sie schon wieder?«

»Ich, ja. Nicht zu leugnen. Ich wollte Sie noch kurz etwas fragen.«

Günster bleckte die Zähne. »Sie gehen mir auf die Nerven, Mann.«

Matzbach rammte die Hände in die Taschen seiner Jacke. In der rechten befand sich ein nasses Objekt. »Freut mich. So soll es auch sein. Es ist gewissermaßen meine Absicht, Ihnen auf die Nerven zu gehen, Mister Lobytoby, Computerfachmann.«

Günster starrte ihn einen Moment mit aufgerissenen Augen an. »Eh ... was meinen Sie? Ich meine – was ... was wollen Sie?«

Matzbach nahm die rechte Hand aus der Tasche und wies mit dem Daumen hinter sich. »Ich habe eben mal nachgesehen und festgestellt, daß zwei Bauern bei den alten Ruinen hinten im Wald Holzstapel anlegen. Im Moment ist da also zu viel Verkehr; man könnte gesehen werden. Ich finde, wir sollten uns heute abend, sagen wir kurz nach Sonnenuntergang, bei der alten kaputten Kapelle treffen und ein bißchen plaudern.«

»Plaudern?« sagte Günster schwach.

Matzbach nickte. »Ja.« Lächelnd setzte er hinzu: »Sagen wir, zum Beispiel, über den Preis meines Schweigens. Und über das Geld, mit dem Sie viele Dinge betreiben – mit dem Sie zum Beispiel Ihren neuen Jaguar da gekauft haben.«

Günster starrte ihn immer noch an wie einen Besucher vom Mars. »Wieso? Was?«

»Fredo Finkel läßt grüßen und Ihnen ausrichten, daß Sie entschieden zu viele Striemen in Ihrem Kielwasser hinterlassen haben. Und jetzt kommt das Kartographenschiff.« Er wandte sich zum Gehen.

Günster hielt sich am Türrahmen fest und blickte hinter ihm her. »Aber, eh . . . he! Hallo! Warten Sie mal!«

Kommissar Lundqvist, ein graumelierter Mittvierziger, trug einen eleganten Nadelstreifer mit Weste, die seinen kleinen Bauchansatz verbergen sollte. Er zeigte nicht, ob er überrascht war, Ines Finkel so bald in seinem Büro wiederzusehen. Er bot ihr einen Platz und Kaffee an; dann las er Matzbachs Brief. Sein Gesicht wurde immer düsterer. Schließlich knurrte er einige vermutlich unfrohe Wörter auf Schwedisch.

Er legte den Brief auf den Schreibtisch, blickte einen Moment wie suchend in seinem eher spartanischen Büro umher und wandte sich dann an Ines. »Frau Finkel, wissen Sie, was dieser, eh, Matzbach schreibt?«

Ines spielte mit einer ihrer überlangen Zigaretten. »Nur, daß er etwas tun will und Sie zu einem Rendezvous einlädt.«

Lundqvist verzog das Gesicht und murmelte halblaut:

»Detaillierte Befehle an die schwedische Polizei; so eine Frechheit. Aber ich fürchte, da ist nun nichts mehr zu machen.«

Ines seufzte. »Können *Sie* mir vielleicht erklären, was eigentlich gespielt wird?«

Lundqvist zögerte. »Sie müßten sich, aus Gründen der Sicherheit, dazu bereit erklären, bis zum Abend hier bei uns zu bleiben ...«

Ines blickte ihn einen Moment an, dann nickte sie energisch. »Alles, was Sie wollen, wenn mir bloß endlich jemand was sagt.«

Lundqvist ließ Kaffee kommen. Er schwieg, bis sein Mitarbeiter den Raum wieder verlassen hatte. Dann lehnte er sich in seinem Sessel zurück. Beinahe versonnen sagte er: »Dieser Matzbach hat uns korrekt eingeschätzt. Er will etwas tun, während wir noch abwarten wollten. Aber – na gut.«

Er nahm einen Schluck von seinem Kaffee, behielt die Tasse in der Hand und schloß die Augen. »Wissen Sie, in groben Zügen verhält es sich so. Eh.« Er öffnete die Augen wieder und fixierte Ines. »Wissen Sie, warum seit Jahren keine großen Zeichentrickfilme mehr gemacht worden sind? Groß und reich an Einzelheiten, meine ich, wie die alten Filme von Walt Disney?«

Ines schüttelte langsam den Kopf. »Ich muß gestehen, daß mir das nicht mal aufgefallen ist.«

»Sehen Sie – Walt Disney hat seine Zeichner wie Sklaven gehalten. Maximale Arbeit bei minimaler Bezahlung. Die haben Millionen kleinster Bilder gemalt, immer nur ein bißchen verändert – Mickymaus hebt den Mundwinkel, derlei. Die Bildchen wurden schnell nacheinander abgefilmt, und das ergibt den sehr lebendigen Eindruck der alten Zeichentrickfilme. Heute würde kein Mensch mehr unter solchen Bedingungen arbeiten. Und bei normaler Bezahlung würden die Filme zu teuer.«

Ines betrachtete ihre Fingernägel, dann wieder den Kommissar. »Kann man denn dafür keine Computer einsetzen?«

Lundqvist nickte. »Sie sind auf dem richtigen Weg, Frau Finkel. Nein, kann man noch nicht. In ein paar Jahren, sagen wir anno dreiundachtzig oder vierundachtzig, wird es das bestimmt geben. Bis dahin erfindet jemand etwas.« Er runzelte die Brauen. »Oder es hat gerade jemand etwas erfunden. – Egal. Wir stehen ja erst am Anfang von etwas, was man Elektronische Revolution nennen könnte. Und bis sich jemand ausgerechnet um Comics kümmert ... Schauen Sie, heute können Maschinen Millionen *gleiche* Bilder malen, aber eben nicht Millionen verschiedene. Sie können nur reproduzieren, was man ihnen gewissermaßen vormalt. So. Alles andere ist eher Spekulation, aber sehr wahrscheinlich. Günster, dieser Maler am See, malt auch Comics, unter einem Pseudonym. Und er ist Informatiker und besitzt ein paar interessante Patente. Außerdem hat er eine Freundin, die eine kleine Filmfirma betreibt, wo Comic-Filme hergestellt werden – Sparte Fantasy.«

Ines beugte sich vor. »Ach, hängen die zusammen? Günster und die FaFiFo?«

Lundqvist spitzte den Mund. »Ja. Unsere deutschen Kollegen haben ermittelt, daß die FaFiFo in letzter Zeit viel Geld in neue Anlagen und Maschinen investiert – mehr, als die Firma eigentlich haben kann.«

Ines zündete sich endlich ihre Zigarette an. »Weiß Matzbach das denn?«

»Also, *das* weiß er wohl nicht. – Stellen Sie sich vor, man könnte Filme machen, Zeichentrickfilme, die billig sind, aber genauso schön und detailliert wie die alten Disneysachen. Und die genausoviel einbringen. Davon gehen wir nämlich aus – daß Günster, der Maler und Tüftler, etwas erfunden hat, womit sich so etwas machen läßt. Einerseits Software – Programme mit Endlosmodulationen; andererseits aber Hardware, also Spezialautomaten, die solche, tja,

Malprogramme ausführen können. So etwas erfinden ist schön. Die Entwicklung bis zur Reife ist aber sehr teuer. Man kann versuchen, öffentliche Forschungsgelder dafür zu bekommen, aber dann besteht die Gefahr, daß die Konkurrenz, zum Beispiel Elektronik-Konzerne, davon erfährt. Man kann es denen auch gleich anbieten, aber dann machen *die* das ganz große Geschäft; man wird mit ein paar Tantiemen abgespeist und hat selbst nicht mehr die Möglichkeit, es auszuwerten.« Er beugte sich vor, stellte die Kaffeetasse ab und blickte Ines eindringlich an. »Oder, drittens, man verkauft das Prinzip an einen, der einen nicht daran hindert, auch selbst weiterzumachen.«

»Sie meinen – Ostblock?« sagte Ines langsam.

»Genau. Wenn Günster wirklich so etwas erfunden hat, wären die Möglichkeiten industrieller und militärischer Nutzung gewaltig. Ich bin kein Experte, aber ich könnte mir da einiges vorstellen.«

»Zum Beispiel?«

Lundqvist breitete die Arme aus. »Wie gesagt, ich bin kein Experte. Aber: Maschinen, die etwa in der Industrie nicht nur eine Arbeit, sondern gleichzeitig mehrere verschiedene Arbeitsgänge ausführen und dazu andere zugeschaltete Geräte koordinieren können – Maschinen, die nicht nur ein einmal eingegebenes Programm durchführen, sondern sich gewissermaßen permanent selbst neu programmieren, je nach den veränderten Anforderungen – Maschinen, die, wenn Sie so wollen, bis zu einem gewissen Grad selbständig handeln und Entscheidungen fällen können – und ich wage gar nicht, mir die Möglichkeit auszumalen, die solche Maschinen etwa für das Militär oder einen alles überwachenden Polizeistaat bieten ...«

Ines hob die Hand und schüttelte den Kopf. »Das ist mir alles zu hoch. Bleiben wir doch bitte zunächst bei Günster.«

Lundqvist verschränkte die Arme vor der Brust. »Ja, gut. Also Günster. Wenn es wirklich so ist, daß er etwas Derartiges entwickelt hat, dann könnte er seine Unterlagen verkaufen, und zwar sehr gut verkaufen, und von dem Geld, das die Interessenten ihm geben, die Entwicklung anwendbarer – sagt man so? – Prototypen finanzieren. Und zufällig hat sich Herr Günster mit einem Menschen angefreundet, der manchmal bei unserem Abgeordneten Isaakson zu Gast ist.«

»Wer ist der Gast?«

»Matzbach hat Ihnen ja wirklich gar nichts erzählt, wie?« Lundqvist lächelte säuerlich. »Ein mongolischer Experte für Mikroelektronik.«

Ines kicherte. »Ja, aber die Mongolei . . .«

». . . ist ein kleiner Verbündeter der Sowjetunion. Übrigens, sehr geschickt gemacht. Die meisten Ostblockdiplomaten werden natürlich, hm, unauffällig überwacht – aber ein Mongole aus Sofia?«

Ines schwieg eine Weile. Schließlich sagte sie: »Wenn Sie das aber alles wissen – warum haben Sie denn noch nichts unternommen? Und was hat mein Mann damit zu tun?«

Lundqvist verzog den Mund. »Nun ja, wir wollten noch warten, weil wir nichts definitiv beweisen können. Und weil wir feststellen möchten, ob noch mehr Leute verwickelt sind – Isaakson, zum Beispiel. Und Ihr Mann? Ihr Mann hat über die Filmfirma, diese FaFiFo, recherchiert. Dabei scheint er auf etwas gestoßen zu sein, was ihn argwöhnisch machte. Er hat sich dieses Haus an diesem See besorgt, nahe bei Günster; wahrscheinlich, um ihn zu beobachten und hinterher vielleicht eine große Zeitungsgeschichte daraus zu machen. Aber nun ist er verschwunden. Matzbach behauptet in dem Brief, er weiß, wo die . . . also, wo Ihr Mann nun ist.«

Ines zeigte keine Gefühlsregung; allerdings war ihre Stimme beim nächsten Satz ein wenig flach. »Aber selbst wenn es so ist – warum denn nur?«

»Warum was?«

»Selbst wenn mein Mann etwas gewußt hat – und wenn das alles stimmt, mit Günster –, warum hätte dieser Maler dann meinen Mann umbringen sollen? Denn darauf läuft es doch wohl hinaus.«

Lundqvist nickte; er blickte ein wenig unbehaglich drein. »Es gibt mehrere Möglichkeiten«, sagte er. »Wenn wir von der unerfreulichen Annahme ausgehen, daß Günster Ihren Mann tatsächlich umgebracht hat, dann kann er dafür verschiedene Gründe haben. Ich will Ihnen nur die beiden vermutlich wichtigsten nennen.« Er machte eine kleine Pause, als müsse er nach einer bestimmten Formulierung suchen. »Angenommen, es ist so: Günster hat da etwas entwickelt und an den Ostblock verkauft. Wenn die Entwicklung wirklich so gut ist, daß alle Militärs und alle Industriellen der Welt sich die Finger danach lecken – dann ist das eine Sache, die den ganzen Komplex Ost-West-Verhältnis, strategisches Gleichgewicht und so weiter, berührt. Nun gehört die Bundesrepublik, aus der Sie und Herr Günster stammen, der NATO an; die Weitergabe von strategisch interessantem Material an den Warschauer Pakt wäre in jedem Fall eine strafbare Handlung.« Lundqvist kratzte sich den Kopf. »Ich kenne die Gesetze Ihres Landes nicht gut genug, um sagen zu können, was Herr Günster in diesem Fall präzise getan hätte. Wahrscheinlich müßte man es Hochverrat nennen.« Er machte eine Pause, trank von seinem erkalteten Kaffee und zog angewidert die Mundwinkel herunter. »Wenn Günster nun etwas an den Ostblock verkauft hätte, dann sicher in der Absicht, mit dem Geld im Westen weiter zu arbeiten und gut zu leben. Nun kommen wir zu den beiden Möglichkeiten, den beiden Gründen, genauer, die ich sehe, aus denen Günster Ihren Mann umgebracht haben könnte. Wenn Ihr Mann wirklich etwas herausgefunden hat, kann er Günster entweder als guter Patriot bei den deutschen Behörden anzeigen und gleichzeitig einen großen Artikel schreiben. Wenn alles beweisbar ist, kommt

Günster für lange Zeit ins Gefängnis und hat weder an seiner Erfindung noch an dem schönen Geld viel Freude. Die zweite Möglichkeit wäre, den notwendigen schlechten Charakter vorausgesetzt, daß Ihr Mann Günster ganz einfach erpreßt hat.«

Ines holte tief Luft und nickte langsam. »Ich danke Ihnen für diese ausführliche Darlegung, Herr Kommissar. Und wie ich meinen Mann einschätze, beziehungsweise wie ich seinen schäbigen Charakter kenne, tippe ich auf Erpressung.«

Lundqvist rutschte ein wenig verlegen auf seinem Sitz umher, sagte aber nichts.

»Und Matzbach meint, er weiß, wo Fredos Leiche ist?« sagte Ines. »Wo denn? Doch im See?«

Lundqvist schüttelte den Kopf. »Wir sollen kurz vor Sonnenuntergang an der alten Ruine, dieser Kapelle im Wald sein.«

Ines begann zu lachen. »Die Kapelle!«

Lundqvist betrachtete sie irritiert. »Was finden Sie daran so lustig?«

»Matzbach und ich, wir haben vor ein paar Stunden erst darüber gesprochen, daß alle Häuser da draußen als Steinbruch gedient haben, aber die Kapelle hat sogar noch ein Dach. Kann es sein, Herr Kommissar, daß die Menschen hier nicht nur zu fromm waren, die Kapelle abzureißen, sondern daß Ihre Leute auch zu fromm waren, in die alte Kapelle zu schauen, als der Wald durchsucht wurde?«

Lange vor Sonnenuntergang näherten sich Kommissar Lundqvist, ein Dutzend Polizeibeamte und Ines, die unbedingt dabeisein wollte, auf beschwerlichen Umwegen der alten Kapelle.

Die verrottete Holztür war nicht leicht zu öffnen. Die Flügel hingen schief und waren aufgequollen. Lundqvist warf einen Blick ins dämmerige Dunkel des Innenraums.

Ines blickte über seine Schulter. Es roch muffig; vor dem ehemaligen Altarstein standen wie eine spanische Wand Sitzbretter verfallener Bänke.

Die Polizisten verteilten sich und wurden im Gelände unsichtbar. Ines und Lundqvist lagen hinter einer eingestürzten Mauer und warteten. Es wurde schnell dunkel. Schließlich ertönte ein leiser Pfiff.

Halblaut sagte Lundqvist: »Jemand kommt vom See her.«

Der Nachtwind rauschte in den Bäumen. Äste knackten. Aus der Ferne kamen Schritte näher. Irgendwo schrie ein Käuzchen.

»Es ist ziemlich unheimlich«, flüsterte Ines. »Meine Zähne wollen immer klappern.«

Lundqvist murmelte: »Sie wollten ja mit. Aber keine Sorge; meine Leute sind gut verteilt.« Er hob vorsichtig den Kopf. »Da ist er.«

Auch Ines lugte über die Mauerreste. Sie hauchte: »Das muß Günster sein. Man kann zwar nicht viel sehen, aber Matzbach ist viel fetter.«

Die Gestalt näherte sich der Kapelle, hantierte an der Tür und öffnete sie so schnell, daß man auf Routine von früheren Besuchen schließen konnte. Aus der Kapelle war gedämpftes Husten zu hören; durch die winzigen, schießschartenähnlichen Öffnungen oben im Mauerwerk geisterte Licht wie von einer halb abgedeckten Taschenlampe. Dann hörte man Holz knirschen, als ob jemand versuchte, die Holzbohlen des Kapellenbodens aufzustemmen.

Plötzlich stürzte etwas, vermutlich anderes Holz, mit Getöse um; Günsters Stimme war mit einem Schreckensschrei zu vernehmen, und Matzbachs Organ dröhnte durch die Nacht.

»Ha. Willkommen, Herr Leichendieb. Und die kleinen Patschehändchen, die lassen wir ganz fein oben.«

Lundqvist sprang auf und pfiff. »Los!«

Von allen Seiten näherten sich Beamte der Kapelle. Drinnen bot sich ihnen ein prächtiger Anblick. Günster stand neben einem Loch im Boden; die Bretter, die vor dem Altarstein gelehnt hatten, waren umgeworfen, und auf dem Altarstein hockte Baltasar Matzbach, auf einem weichen Kissen, mit untergeschlagenen Beinen. Er grinste und hielt etwas in der Hand, das wie eine Pistole aussah.

»Willkommen, die Herren. Ah, Ines, hast du einen Abendspaziergang gemacht? Nett, dich zu sehen.«

Lundqvist starrte zwischen Günster und Matzbach hin und her. »Was ist das für ein Loch? Und wo haben Sie gesteckt, Herr Matzbach?«

»Das Loch dort, das hat unser stummer Freund hier eben eröffnet. Ich nehme an, er wollte sehen, ob die Leiche von Alfred Finkel noch da ist, wo er sie versteckt hat.« Er schüttelte den Kopf. »Ziemlich idiotisch, nicht wahr? Ich? Ich habe hier mit diesem dicken Sofakissen auf dem Altar gesessen und meditiert, wie es einem Manne zukommt, der ein gewisses Alter erreicht hat.«

Lundqvist sprach durch die Zähne. »Geben Sie die Waffe her, Herr Matzbach. Waffenbesitz ist ...«

»... illegal, was? Bitte sehr. Da haben Sie die furchtbare Waffe. Hat zwanzig Kronen gekostet, im Spielzeugladen, und ist bestückt mit einem halben Liter Wasser. Schwedisches Leitungswasser, Sir.«

Viel später, fast schon am Morgen, erreichten Baltasar und Ines nach Abschluß des ersten offiziellen Teils der Veranstaltung wieder das Haus im Wald. Matzbach hüllte sich in einen Bademantel aus Frotteeflausch, braute zwei Portionen eines extra steifen Toddy, hockte sich auf die Kante des Doppelbetts und reichte Ines ihren dampfenden Becher. Sie trug ein ziemlich radikales Nachthemd – eher eine Kollektion von Schlitzen, mit dünnen schwarzen Spitzenrändern – und rekelte sich fürstlich. Matzbach setzte ihr noch einmal alles auseinander; im Prinzip deckten sich seine Auslassungen mit dem, was Ines vom Kommissar gehört hatte. Matzbachs Rede war jedoch saftiger.

Schließlich sagte er: »Tja, und Günster ist ein Trottel. Die Bohlen aufstemmen und nachsehen, ob die Leiche noch da ist. So ein Quatsch. War doch völlig unnötig. Immerhin nett, daß er den guten Fredo mit einer Plastikbahn aroma-versiegelt hat.«

Die trauernde Witwe lächelte. »Ja, aber wieso warst du so sicher, daß Fredo in der Kapelle liegt? Die Leiche konnte doch auch, was weiß ich, im See liegen?«

Baltasar schüttelte energisch den Kopf. »Iwo, da doch nicht. Günster ist wie alle am See Fischliebhaber und Feinschmecker. Meinst du, der ißt Hechte aus einem See, in den er selbst eine Leiche geworfen hat? Nee. Außerdem hatte ich in der Kapelle nachgesehen.«

»Wie? Wann?«

»Heute nachmittag. Ich habe die Tür aufgemacht, bin reingegangen und hab' mich auf den Boden gelegt. Da habe ich gesehen, daß im Staub der Jahrzehnte jüngere Spuren waren, die zu einer bestimmten Ecke führten. So einfach. Ein bißchen viel Staub insgesamt, ein bißchen zu wenig an gewissen Stellen. Und dann habe ich mich auf den Altar gesetzt und meditiert.«

»Aber ich verstehe immer noch nicht, wie du auf die ganzen Zusammenhänge gekommen bist.«

Baltasar seufzte. »Nicht noch mal. Vielleicht erzähle ich dir das alles auf der Fähre. Im Moment bin ich halb heiser von den langen Erörterungen mit dem guten Kommissar. Außerdem schwummern mir die Augen, wegen der Wucht deiner Blößen. – Ach so, eins hab' ich dir zu sagen, weil ich es dir schulde. Erinnerst du dich an diesen Zettel, auf dem Alfredo etwas notiert hatte, was wir nicht lesen konnten? Soka oder Sofa und Ulmbake?«

Ines nickte. »Ja. Oder Soya und Ulmbach. Ich weiß. Was ist damit?«

»Dann erinnere dich bitte an die Namen der beiden Comic-Helden, die Fredo unterstrichen hatte. Ifaso und Torba.«

Ines hob eine Braue. »Ja, und? Soka, Ulmbake, Ifaso, Torba – was soll das?«

Matzbach lächelte. »Ganz einfach. Ein Problem für Schriftsteller im allerweitesten Sinn ist, daß sie ihren Figuren Namen geben müssen. Manchmal erfindet man welche, manchmal verdreht man richtige Namen, bis sie komisch oder trefflich klingen. Beispielsweise macht man Anagramme.«

»Anna was?«

»Anagramme. Das sind Wörter, die man aus den durcheinandergeschüttelten Buchstaben eines anderen Worts zusammensetzt. Wenn ich aus Ines zum Beispiel Sein machte, das wäre ein Anagramm.«

Ines kicherte. »Und was für Anagramme machst du aus Soka und Ifaso? Und Ulmbake? Und Torba?«

»Als ich Ifaso und Torba fand, wurde mir klar, daß wir Fredos Sauklaue falsch entziffert hatten. Soka, meine Liebe, könnte genausogut Sofia sein – wenn man ausreichend schmiert.«

Ines verschluckte sich an ihrem heißen Whiskygemisch. »Ach du liebe Zeit. Ja.«

»Und wenn du Sofia, wo Günsters mongolischer Kontaktmann herkam, kräftig schüttelst, kommt Ifaso heraus, und so hat Günster einen seiner Helden genannt.«

»Und Ulmbake und Torba?«

Matzbach schnalzte mit der Zunge. »Ich lese nunmehr Ulm als Ulan und bake oder bach als Bator. Ulan Bator ist die Hauptstadt der mongolischen Volksrepublik. Und Bator ist Torba, der zweite Comic-Held.« Kichernd setzte er hinzu: »Bator, wenn mich meine bescheidenen Mongolisch-Kenntnisse nicht trügen, heißt übrigens Held. Wie passend, nein, wie passend!«

»Aber warum hat er sich denn so leichtsinnig verraten?«

»Ich nehme an, er hatte gerade erst den Mongolen kennengelernt und sich zu den Namen inspirieren lassen, *bevor* die ganzen Transaktionen in Gang kamen.«

Ines legte ihre Arme unter den Hinterkopf; für Baltasar ergaben sich gänzlich neue Perspektiven.

»Das wäre möglich«, sagte sie halblaut. »Ja. Aber das wäre doch, so wie es heute aussieht, fast ein Beweis oder wenigstens ein Indiz. Warum bist du damit, als du so weit warst, nicht zur Kripo gegangen?«

Matzbach schloß die Augen. »Der Kommissar hätte gesagt: Abwarten. Und damit kommen wir zu meinem Motiv. Und dem Grund, weshalb mir dies einträgliche Waldhäuschen in bester Erinnerung bleiben wird. Ich wollte nämlich ganz schnell die Leiche deines werten Gatten finden.«

Ines kuschelte sich in aufreizenden Windungen. »Warum so schnell?« fragte sie halblaut.

»Weil fünfzehn Prozent von zweihundertfünfzigtausend, also der Lebensversicherung, siebenunddreißig-fünf sind. Plus zwanzig für den Artikel über die Affäre. Plus zwanzig als Belohnung für die Aufklärung. Ausgesetzt von der Dreckschleuderzeitung. Wovon du mir nichts gesagt hattest, du kleines zartrosa Ferkelchen.«

Ines kicherte. »Muß ich vergessen haben. Sag mal, darf ich inzwischen wieder schimpfen oder jag' ich den Preis weiter hoch damit?«

Baltasar öffnete die Augen wieder und betrachtete das Spitzenpanorama. »Du bist mir so sehr ans Herz gewachsen, daß ich jedes Wort aus deinem Mund als hold empfinde, mein Täubchen. Außerdem sind siebenundsiebzigtausend ein gutes Honorar für zwei Tage Denken und ein paar Tage Reisen. Schimpf ruhig.«

Ines streckte die Hand aus und legte den Zeigefinger auf den Schifferknoten, mit dem Matzbach den Gürtel seines Bademantels gesichert hatte. »Ach, wozu? Jetzt, wo alles erledigt ist, wäre mir eigentlich eher nach was anderem zumute.«

Matzbach grinste. »Zum Beischlaf? Bleistift? Beispiel?«

Ines nickte. »Ersteres. Schmusen oder so.«

Matzbach schloß die Augen wieder. »Mhmhmhmhm.«

Mamis Liebling

Diesmal machte Hein einen Punkt gut. In unserem Drei-kampf um gute Geschichten führt Hagen natürlich nach Längen; ein Taxifahrer hört und sieht viel, und manchmal erzählen Leute ihm Dinge, die sie nirgendwo loswerden können außer bei einem, den sie nie wiedersehen müssen. Mir erzählt sowieso keiner was; ich könnte es ja schreibend mißbrauchen. Und was Hein in seiner Kneipe hört, ist meistens nicht der Rede wert, da es von Gästen stammt, die meistens nicht des Schweigens wert sind und bei denen man sich bisweilen nicht einmal erinnern kann, sie je vergessen zu haben.

Aber diesmal hatte Hein eine Story. Das Lokal war mäßig besetzt; gerade genug Kundschaft für Heins rhetorische Pausen, aber nicht so viel Arbeit, daß die Geschichte lange Unterbrechungen hätte erleiden müssen. Hagen und ich hockten vor dem Tresen, Hein lehnte am Gläserschrank. Gelegentlich zapfte er Bier oder verschleppte Speisen, die per Aufzug aus der unredlich geführten Küche kamen. Ein-mal mußte er einen Sektkübel suchen, weil ein Stenz zu seiner Havanna unbedingt französisches Bubbelwasser ha-ben wollte. Was ihn in *Die Fremde* getrieben hatte, war rätselhaft.

Hagen, ein kleiner drahtiger Rheinländer von der giftigen Sorte, war an diesem Tag noch hektischer als sonst. Sein Diesel stand draußen und wartete, aber Hagen verschob den Aufbruch zur nächsten Taxischicht immer wieder um ein

Glas Sprudel. Mit mindestens einem Ohr war er auf der Straße; alle paar Minuten murmelte er eine Automarke, oft mit Detailangaben zu Hubraum und Modell, und wetzte hinaus. Wenn er zurückkam, nickte er und kletterte wieder auf den Hocker.

»Was soll das eigentlich werden?« sagte ich, nach dem zehnten oder fünfzehnten Sprint.

»Isch hab' en Wett am laufen«, sagte Hagen. »Mit en paar Kumpels. Jeht um en Tausender. Mer wollen uns in nem Kaffe setzen un die Auren verbinden un dann en halbe Stund Autos indentifizieren.«

»Ach so, du übst. Und? Wie stehen deine Chancen?«

Er strich über sein scheußliches Menjoubärtchen. »Och, isch wööd saare, de Schangsen stehn jut. – Pöschscho fünf null vier. Zement mal.« Er glitt vom Hocker, rannte zur Tür, blickte hinaus, nickte und kam zurück.

»Haste sonst nix zu tun?«

»Doch. Fahren.« Hagen berichtete von einer rasanten Taxitour, bei der eine Frau fast verblutet wäre, weil ihr Kind zu eilig in die Welt hinaus wollte und einen zu dicken Kopf hatte. Das brachte uns auf tote Bekannte; es war Winter, beste Leichenzeit, und dauernd starb jemand, der Anlaß zu läßlichem Lästern bot.

Hein räusperte sich und nahm seine saure Pfeife aus dem Gebiß. Mit dem Stiel kratzte er sich durchs halboffene Cordhemd die Brustbehaarung.

»No, also so kalt es es ja nu auch nech. En mejner kalten Hejmat...« Er grinste und paffte weiter.

Hein ward nach 1945 fern von ›Keenichsbarch‹ geboren; alles an seiner Ostpreußelei ist falsch, vom Hejmweh bis zum aufgesetzten Akzent. Den er schnell fallenläßt, wenn echte Königsberger in die Nähe kommen.

»Un beinah«, sagte Hagen, »hätt isch och noch ene Unfall jebaut. Diesel jejen Jaguar.«

»Wer hat gewonnen?« sagte ich. Mein Glas war leer; ich

wies mit dem Finger hinein, und Hein holte den Muscadet unterm Tresen hervor.

»Hätt jootjejange. Bloß wißter, wer in dem Jaruah jesesse hat?«

»Nej, Mannchen, woher denn?« sagte Hein.

»Ein Tiger«, schlug ich vor. »Dem Tank entronnen.«

Hagen warf mir seinen »Du-bescheuerter-Intellektueller«-Blick zu. »Nein«, sagte er geziert. »Et Valerie.« Dann sprang er zu Boden, knurrte etwas über einen »Ziträhn« und rannte zur Tür.

»Valerie?« fragte Hein. Er schüttelte den Kopf und flitschte mit seinem Hosenträger. »Valerie? Nu na, wieso?«

Valerie ist rothaarig und, wie mir versichert wurde, insgesamt alpin, mit eleganten Massiven, kurvenreichen Paßstrecken und atemberaubenden Schluchten. Ein Beueler Mädchen aus der Nachbarschaft, seit ihrem Abitur (das ist ja heute nichts mehr wert) im Eros-Center auf der anderen Rheinseite tätig.

Hagen kam zurück. »Stimp«, sagte er.

»Kannste nech mal met dejnem Jerenne ond Jerase schloßmachen? Es est onjemietlich.« Hein bewegte seine zwei Zentner schubbernd hin und her; die gummibeschürzte Wampe ratschte an der Tresenkante.

»Hein sagte eben, ›Valerie nu na, wieso‹«, berichtete ich.

Hagen blinzelte. »Wieso wieso?«

»Ich nehme an, der verfettete Besitzer des Lokals *Die Fremde* ist befremdet, weil Valerie eigentlich nicht zu denen gehört, die das nötige Geld für einen Jaguar haben.«

Hein schüttelte den Kopf. »Nein. Ech mejne, nejn. Hab ech nech jemejnt, nej. Ech hab jemejnt, wieso es dem Haaren verwondert, daßtie Fallerie sech en ejnem Dschäg beweecht. Weßter denn das nech?«

»Wat solleme wisse?« sagte Hagen. »Tu mir noch en Wasse.«

Hein gehorchte. Als er die Flasche wieder verschraubte,

blickte er uns lauernd an. »Nu, also von weejen die Toten, wo sech em Wenter anhäufen. Habt ihr nech jehört,
daß dem Erwin Klejnhammer sejne Frau Motter est jestorben?«

»Wat hat dat dann mit dem Valerie ze donn?« sagte Hagen
mit grimmem Antlitz. »Willze nit erß die eine Jeschisch
verzälle, eh daßte mit de nääxte anfänks?«

»Hänkt sech alles zosammen, hänkt es«, sagte Hein.

Ich wußte nicht, worum es ging. Ich hatte das Gefühl,
den Namen schon gehört zu haben, konnte ihn aber nicht
richtig einsortieren.

»Dann is Mamis Liebling jetz also ene Waise, wat?« sagte
Hagen. »Aber wat hat dat mit dem Valerie ze donn?«

Da erinnerte ich mich. Erwin Kleinhammer ist einer jener
neurotischen Linkshänder mit naturwissenschaftlichem Genie; unbrauchbar für den normalen Umgang, blaß, mit sträh-
nigen dunklen Haaren, die ewig ungewaschen aussehen wie
die von Anatolij Karpow, sowie mit leicht angemuffter Gar-
derobe. Er arbeitete im Wissenschaftsministerium, hat vermutlich noch immer etwas unangenehm Mönchisches und
lebte bis kurz vor diesem Abend nicht weit von Heins Lokal
mit seiner Mutter in einem nach Katzen stinkenden Altbau.

»Na ja«, sagte ich. »Die alte Dame war nicht mehr ganz
frisch. Da darf einen der Heimgang nicht verwundern.«

»Schon recht, Jongchen. Aber dat est es nech.«

»Wat is wat nit?« Hagen setzte sein halbleeres Wasserglas
mit einem Ausdruck des Ekels ab. »Tu mir n Stang Kölsch,
Hein. Isch fahren hück nimmiehr.«

Hein zapfte. Hagen lauschte einem vorbeifahrenden Wagen, blieb aber hocken. Offenbar hatte er beschlossen, neben dem Taxifahren und Wassertrinken auch das Autoraten
aufzugeben, für diesen Abend.

»Es est nech, wejl die alte Dame verblechen est. Nej, das
est es nech. Es est was anderes. Est von euch jemals ejner
en dem Haus jewesen?«

»Nein, danke. Das stinkt von außen schon so bös' nach Katze; da muß man nicht auch noch reingehen.« Ich schüttelte mich bei dem Gedanken.

»Un isch jlööv, dä Erwin hätt do kinne erinjelosse.«

Ich nickte Hagen zu. »Schätzungsweise wollte er mit Mutter Iokaste allein sein.«

Hein deutete mit dem Pfeifenstiel auf mich, anklagend; dann nahm er die angebrochene Flasche Muscadet aus dem Kühler und füllte mein Glas nach.

»Da. Quatsch nech so viel Buchzeuch. Trenk lieber. – Hat wer von euch en der letzten Zejt dem Erwin jesehn?«

Hagen starrte ins Leere. »Enä. Dat is mindichstens, also allermindichstens en halb Jahr her. Worömm?«

Hein grinste und reichte ihm sein Kölsch. »No, es hat sech einejes verändert. Fallerie fährt Dschäg, ond Erwin est janz ejn neuer Mänsch. Er est doch emmer jewesen ejn weenech, no ja, schmoddelech. Oder nejn, jlebberech est ejn besseres Wort dafier. Nu, aber en de letzte Wochen hab ech ehn paarmal jesehn, ond hat er auf mech da emmer ejnen jewaschenen Ejndrock jemacht.«

Ich spähte durch mein Glas nach einem verzerrten Hein. »Wie macht man einen gewaschenen Eindruck? Und wie ist man glibberig?«

Hagen rülpste zustimmend. »Wie meinze? Haat der sauber Fingernääjel? Duftisch Haar? De wilde Frische vun Limone?«

»So onjefähr. En de letzte drej, vier Wochen est es jewesen, daß er sech so jeändert hat. Ond Fallerie ond ejn paar andere Majden von der Zonft haben sech sälpständech jemacht.« Er beendet einige vorschriftsmäßige 7-Minuten-Pils und watschelte mit seinem Tablett von hinnen.

Hagen sah mich an; ich sah Hagen an.

»Häh?« machte er.

»Tja«, sagte ich. »Abermals tja. Das sieht wie eine längere Geschichte aus. Also Valerie hat 'nen Jaguar?« Ich gurgelte mit dem Muscadet. »Meinst du, Hein will auf was Bestimmtes hinaus?«

Hagen lauschte aus der (wegen der fernen kalten Hejmat so genannten) *Fremde* hinaus, murmelte »Commodore zwei-fünf, wat?« und hob die Brauen. »Also, da jlööv isch nix von. De ahl Frau Kleinhammer, die haat Jeld, jo. Dat Haus, dat wor ihr sin. Un von Erwinschen singe Vadder wor och no jett do. Ävve – enä dat.«

»Du meinst also nicht, daß Hein uns erzählen will, Erwin Kleinhammer und die Mädels, Valerie und Co, hätten Mutter Kleinhammer umgebracht, und die Mädels sind jetzt mit ihrem Anteil Freiberufler geworden? Mit Telefon zu Hause statt Kajüte im Eros-Center?«

Hagen schüttelte heftig den Kopf. »Dat hätt isch jehüürt. Weiße, so en Sach, da wööd jede Taxifahre vun Kublenz piß Kölle von nix anders mehr verzälle.« Dann grinste er. »Ich weiß was«, flüsterte er, auf Hochdeutsch und hochvertraulich. »Ich werd ose joode, hm, unseren kuten Hein ein wenik hochnehmen. Denk mal an Seife.«

»Wat für?« sagte ich. »Schmier?«

Hagen zwinkerte nur, denn Hein ging wieder hinterm Tresen vor Anker. Er hakte den rechten Unterarm an den Zapfhähnen fest und sah uns an, mit seiner versonnensten Märchenerzähler-Miene.

»Also, wo war ech? Ach so. Wie daß der Erwin sech verändert hat. Hat sech jewaschen.«

»Irrsinnig aufregend«, sagte ich. »Willst du uns jetzt den ganzen Abend mit den Waschgewohnheiten des Waisenknaben Erwin Kleinhammer ergötzen?«

»Pochsche«, sagte Hagen. Er lief zur Tür und kam leicht verdutzt zurück. »Et Josefinschen«, sagte er. »Mim Pochsche. Vallerie mim Jaruah un Josefin mim Pochsche. Wat es los? Sin die all jeck?«

Hein lächelte in mildem Triumph. »Ond Rita, die fährt non ejnen wejßen Märzädes. Ond Elfi ejnen BeEmWe.«

»Die hatte schon immer 'nen schlechten Geschmack«, sagte ich. »Valerie, Josefine, Elfi und Rita – alle haben neue schicke Autos? Und alles bloß, weil Erwin Kleinhammer sich neuerdings wäscht?«

Hein nickte. »Fast, Jongchen. Fast. Nu stellt sech ejne Fraare: Wozu hat er sech jewaschen?«

»Wichtige Frage, Herr Wirt. Wozu hat er sich gewaschen? Er wird ja doch wieder schmutzig.«

»Hach. Schwejch still, Mann. En mejner Hejmat, der kalten, da sacht man, wann ejn Knabe sech frejwellech am waschen fänkt, so soll de Motter met dem Schlemmsten rächnen, denn es steckt wohl dann ejn Wejbchen en sejn Koppe.«

»Furchtbar, furchtbar, Marjällchen«, sagte ich. »Vor allem, wo der Knabe in diesem Waschfall Mitte Dreißig ist.«

»Na eben. Ejn jlebberejer Jongmann von femfonddrejßech Jahr. Lebt bej sejner alten Motter. Wäscht sech onjern. Dann, janz aus hejterem Himmel, fänkt er met dem Jewasche an, ond ...«

»Was und?«

»Ond drej Wochen später est sejne Motter tott.«

Ich schwieg erschüttert. Hagen kicherte schrill.

»Vleisch isse am Jestanksentzuch jestorben. Dat is wie Jiff, un an dat Jiff isse jewöhnt, un wenn se dat Jiff dann esu mir nix und dir och nix nit miehr krit, dann stürv se halt.«

Hein schüttelte den Kopf. »Kejn Geftentzoch«, sagte er. Dann quäkte der Speiseaufzug leise, und der Hobbyostpreuße holte eine unersprießliche Portion Leberkäse mit Spiegelei und Kartoffelsalat heraus. Damit entschwand er in den Tiefen des Lokals.

Erstmals wurde mir bewußt, welche absurde Musik er aufgelegt hatte. Beziehungsweise eingeschoben. Eine Kassette, die ich ihm irgendwann einmal geschenkt hatte, als mir seine gewöhnliche Dauerberieselung auf den Keks ging:

The Modern Jazz Quartet with Laurindo Almeida. Die Musik perlte über uns hinweg. Beziehungsweise schwappte; zu Heins Lokal und seinem Gerede schien sie mir an dem Tag etwa so gut zu passen wie die Rote Valerie in einen Jaguar. Nein, schlechter.

Hein kam zurück, hängte sich wieder hinter die Zapfhähne und nuckelte an seiner längst erloschenen Pfeife.

»Ehr weßt, daß de alte Frau Klejnhammer zemmlech blend est jewesen. Nejn? Nu, macht nuscht. War se nämlech. Blend. Fast janz. Außerdem sejt ejn paar Jahre noch fast janz jelähmt.«

»Herbes Los. Das erklärt, daß sie nie mehr auf die Straße gekommen ist. Aber wie hat sie sich denn um die Katzen kümmern können, wenn sie kaum was sieht und nicht gehen kann?«

Langsam und betont sagte Hein: »Wälche Katzen etwa, Jongchen?«

Hagen hustete in sein Bier. »Wieso, Hein, wieso wat für Katze? Dat Haus stink doch esu nach die Drißviesche ...«

»Nu ja, es stenkt, das est wahr. Aber Katzen jept es darenn kejne nech. Nech ejne.«

»Wonach stinkt es denn dann? Ich weiß doch, wie Katzen riechen, und das Haus stinkt bis zur anderen Straßenseite nach Katze.« Ich kniff ein Auge zu. »Willst du uns 'nen Bären aufbinden? Bären riechen aber anders.«

»Nej, weder Bär noch Katz, noch sonst was. Nech mal ejn Joldfesch. Kejn ejnes Tier em janzen Haus.«

Hagen setzte ein ernsthaft betroffenes Gesicht auf. »Dann muß dä janze Stunk davon jekomme sin, dat dä Erwin sisch so unjern wasche tut. Puuh.«

Hein hüstelte und kratzte sich die Tonsur. »Ech jlaub«, murrte er, »ech moß das anders aufzöjmen. Anders aufzöjmen moß ech das.«

»Zäume schnell, o Wirt«, sagte ich. »Was immer du da zu zäumen gedenkst – der Zossen äpfelt schon.«

Hein rümpfte die Nase. »Kennt ihr die Nelly?«

Hagen nickte. »Dat Nelly? Et Kornelia, vun de Müllers? Klaa doch. Dat ärm Ding.«

Nelly war um die Dreißig, eine harmlose freundliche Schwachsinnige, die lächelnd durchs Viertel wanderte und Selbstgespräche führte. Ihre Familie kümmerte sich um sie, statt sie abzuschieben.

»Ja, Nelly. Weßt ehr, daß Nelly de ejnzeje est, wo Motter ond Sohn Klejnhammer ham em Haus jelassen?«

»Man muß ja auch bekloppt sein, um da freiwillig reinzugehen.

»Ja. Tja, tja, tja. Nu fänkt de Jeschechte an, schwierech zo werden.«

Hein holte weit aus und berichtete. Hagen und ich lauschten und staunten. Man hatte die alte Frau Kleinhammer gefunden. Genauer: Die schwachsinnige Nelly, die einen Hausschlüssel besaß und für Frau Kleinhammer (mit schriftlichen Anweisungen an die Verkäufer/innen) die Einkäufe erledigte, hatte sie gefunden. Wie gesagt, sagte Hein, man müsse betonen, daß niemand außer Nelly ins Haus durfte. An einem Montag hatte Nelly wie üblich das Haus betreten, um sich sagen zu lassen (bzw. einen Zettel entgegenzunehmen, auf dem stand), was sie einkaufen sollte. Und da hatte sie Frau Kleinhammer tot vorgefunden. Sie war nach Hause gegangen und hatte es ihrer Mutter erzählt, die zunächst nichts glauben wollte, dann aber doch die Polizei anrief. (Hier schob Hein weitläufige Anekdoten ein über Leute, die aus den irrsten Gründen die Polizei angerufen hatten.)

Man fand die alte Frau tatsächlich tot, umgeben von seltsamen Geräten. Mitten in die Durchsuchung des Hauses platzte der Sohn Erwin, den man in seinem Ministerium nicht hatte erreichen können. Er erlitt einen mittleren Zusammenbruch, konnte zunächst wenig und später gar nichts mehr zu den merkwürdigen Apparaten sagen, von denen das Haus nur so wimmelte.

Hein räusperte sich und sah mich hilfesuchend an. »Ond jetzt est der Jonge kata-, kater-, no, wie hejßt es, Jenosse Schreftsteller? Wo man sech nech mehr beweecht ond nechts sacht?«

»Katatonisch?« schlug ich vor. »Kataleptisch? Katatholisch? Katalogisiert?«

»Erjendsowas. Jedenfalls hat er sech janz en sech zuröckgezooren. Die Ärzte saaren was wie Schock enfolje Scholdjeföhl, oder so.«

Hein schloß die Augen und dachte nach, offensichtlich mit Wucht.

Hagen klopfte auf den Tresen und hielt sein leeres Glas hoch. »Wigge!«

Hein öffnete die Klüsen wieder. »Was bette?«

»Nu mach schon. Noch n Kölsch. Un dat war doch nit alles, ne? Isch kenn disch doch, du Drißpickel. Dat soll doch en Jeschisch werde.«

»Ja. No. Also, Erwin est en der Klapsmöhle. De Frau Klejnhammer est tott, ond bloß de schwachsenneje Nelly kann Auskönfte jeben.«

»Do bin ich ävve ens jespannt, wat die für Auskünft jebe sull. Hat se dem Erwin sin Seif ...?«

Hein winkte ab. »Es est alles ejn weenech werr. Also, wo fänkt man bloß an?«

Ich ächzte theatrisch. »Mit dem Anfang, Hein, mit dem Anfang. Ich frag' mich aber, ob du weißt, wo hier der Anfang ist.«

»Ebent. No, fangen wer an met dem Jongchen, dem Erwin. Der est jetzt en der Klapsmöhle, ond deshalb hat man, das est de Behörden, hat man sech nach ehm erkondecht. Er est emmer schon technesch bejabt jewesen, est er, hat was stodiert ond dann Platz jenommen an ejnem fejnen Schrejptesch em Menestereom. Ond dahenn est er jeden Morjen jejangen, ond jeden Nachmettach wieder nach Hause, bej sejne Motter. Kejne Fröjnde, kejne Fröjndennen, nech mal ejn Schnäpschen. Emmer nur Menestereom ond Motter.«

Hagen knurrte: »Hundertneunzisch E.« Dann legte er den Kopf schief. »Hat er sisch deswejen nit jewasche?«

»Halt die Klappe, Mann«, sagte ich. »Endlich will Hein zur Sache kommen; da mußt du ihn nicht rausbringen.«

Hagen grinste. »Dat tut misch ävve inserieren, wejen dem Waschen un so.«

Hein zischte: »Wasch dech doch sälpst! – Em Haus von den Klejnhammers hat man jefonden viele Biecher, alles was met Kommpijutern ond harte Ware.«

Hagen blinzelte. »Mit wat?«

»Hardware, meint der Genosse Ostpreuße. Das sind die komplizierten Maschinen, Hagen. Die komplizierten Bänder und Programme sind nicht hart, sondern weich, deshalb heißen die Software. Wie Softeis.«

»Ach esu. Dann verstehen isch ävve nit, wieso dem Hein sin Birn nit als Softwehr jilt.«

»Pah. Also, dem Haus est voll met Kommpijuterbiecher ond met komesche Maschehnen. Da est man natierlech schnäl darauf jekommen, daßte Maschehnen was met de Biecher zo ton ham. Ond no kommt, was Nelly erzählt.« Hein machte eine effekthaschende Pause.

»Mach's nicht so spannend«, sagte ich. »So spannend ist es nämlich gar nicht.«

»Wart's nor ab, Henry Heggens.«

»Higgibaby, heißt dä.« Hagens Bärtchen zuckte.

»Das est ejn anderer. Also, Nelly est als ejnzeje emmer mal em Haus jewesen, wejl se hat ejnjekauft fier de alte Frau Klejnhammer. Ond wenn se est jewesen em Haus, dann hat se manchmal jesehn, wie sech ejn Apparat beweecht. Oder mehrereh. Ond se erzählt welde Jeschechten daröber.«

Ich deutete auf mein leeres Weinglas. »Bitte please, s'il vous plaît, por favor. Also die arme, schwachsinnige Nelly ist in diesem Fall, wenn es einer ist, die einzige Zeugin?«

»So est es.« Er entkorkte eine neue Flasche Muscadet. »Ond se erzählt welde Jeschechten, wie jesacht. Zom Blejsteft sacht se, de Frau Klejnhammer hat emmer jespielt Skat.«

Hagen hob drei Finger und knickte zwei wieder ein. »Allein?«

Hein strahlte. »Nej. Met zwej Maschehnen hat se jesessen aan Tesch ond jespielt. De Maschehnen haben jehabt Hände ond Antennen oder so, ond haben jemescht de Karten ond ausjetejlt.«

Ich zielte mit einer unangezündeten Zigarette auf den Feisten. »Moment mal. Du hast irgendeinen Science-Fiction-Film gesehen und willst uns jetzt an der Nase rumführen.«

»Ech wörd eure Nasen nech mal anfassen, wann ech mößte. Jeschwejje denn frejwellech. Nejn, ech erzähl, was Sache est. Was de Nelly jesacht hat. Se sacht auch, obwohl se nech wejß, was es hejßt, daß de Frau Klejnhammer sech hat beschwert ieber schlächtes Projramm von Maschehnen, wejl bejde nech Revolution spielen kennen.«

»Is auch in de neue Skatrejele nit miehr drin«, sagte Hagen. Er nikte beifällig. »Moderne Roboter. Kennen de neueste Rejel. Jeck.«

»Abermals bitten um Aufschub ich«, sagte ich beinahe schüchtern. »Hein, ich denk', Frau Kleinhammer war so gut wie blind. So schlecht wie blind. Wie kann sie da Karten spielen?«

Der Wirt sah mich lobesvoll an. Ich war ein guter Stichwortlieferant.

»Ja, no kommt es noch decker. Nelly sacht, Frau Klejnhammer hat aufjehabt ejne komesche Mötze met Fiehlern, ond met diese Fiehler hat se können sehn. Karten ond andere Denge; zom Bejspiel hat se auch Nelly damet sehen jekonnt.«

»Eindeutig Science-Fiction. Oder hast du neuerdings irre

Träume, Hein? Ißt du vielleicht abends zu viel? Voller Bauch träumt gern von Fühlern. Altes chinesisches Sprichwort.«

»Hach, was ejn Quaatsch! Jongchen, ech well der ejns saaren: Alle Nachbarn send jeworden befraacht, ond ben ech Nachbar? Na also, ben ech nämlech. Ond ben ech jewesen en Wohnong, met Polezej, ond hab ech jesehn Apparate. Ond Nelly, Nelly hat emmer erzählt ond dabej de ejnzelne Apparate jezejcht. Ond ech sach dir auch: Alles, was se jezejcht hat stemmt – sieht werklech so aus. Fonkzioniert bloß nech mehr.«

»Aha«, sagte Hagen. »Hat et bestimp och nie. Oder da is Seife dran jekomme, wie sisch dä Erwin am Wasche fänk.«

Hein zeigte ihm einen Vogel. »Ja, mejnste denn, ausjeräch-net de Nelly kann sech so was Verröcktes ausdenken? Nemmer nech.«

Wir diskutierten diese Frage eine Weile, bei Jazz gegen alle, Kölsch für Hagen und Muscadet für mich. Hein schwor bei allen Stammgästen, ihren sämtlichen Gallensteinen und Schambeinen, daß er alles so gesehen habe wie berichtet; schließlich zeigte er uns sogar ein paar Polaroids, auf denen die seltsamen Geräte zu sehen waren. Er habe sie, sagte er, mit Erlaubnis der Polizei selbst geschossen.

Hagen wischte den Stapel beiseite. »Jut, jut, jut, Jung. Isch jlaub et dir ja.«

»Erfolgreiche Kampagne gegen Skepsis, Herr Wirt. Man sollte dich deshalb zum Ehrenbürger von Kaliningrad machen. Aber jetzt weiter im Text. Was waren das denn noch für Apparate?«

»Tja, seltsame Sachen, zom Tejl. Ond onfejn.«

»Wir werden nicht gleich von deinen Barhockern fallen, wenn's unfein wird.«

»Also, zom Bejspiel ejn mechanischer Arschwesch.« Er nickte bekräftigend, als er unsere ungläubigen Gesichter sah.

»Ene wat?« sagte Hagen. »En Maschin für zum Po-Abputze? Die mööt isch och han.« Er blinzelte wieder. »Imme dat Händewasche, dat hüürt dann op.«

Hein ignorierte ihn. »No, ehr weßt doch, de alte Frau Klejnhammer war nech bloß blend, se war ja auch fast lahm. Da est so was helfrejch, nech? Dann hat es da jejeben, sacht Nelly, ejne Maschehne, was hat der alten Frau Klejnhammer emmer vorjelesen.«

Ich verschluckte mich beinahe. »Vorgelesen? Wie, vorgelesen?«

»Na, aus ejnem Booch, do Trottel.«

»Ein Robot, der ein Buch aufschlägt und daraus vorliest?«

»Jenau. Ond ...«

»Halt. Allmählich wird mir das zu wild. Hör mal, die Skatgeschichte ist schon ziemlich wüst. Bloß – ein Roboter, der lesen und die gelesenen Zeichen in Sprache umsetzen kann – meine Güte, das ist Millionen wert, wenn's so was gibt. Daraus könnte man zum Beispiel auch das Umgekehrte machen – eine Maschine, die nach Diktat schreibt. Danach lecken sich alle Chefs der Welt die Finger.« Ich betrachtete die meinen. »Und alle Schriftsteller sowieso.«

Hein schmatzte. »Ja. Hat es auch jejeben, so was, em Hause Klejnhammer. Ejn Säkrätehr, wie Nelly sacht.«

Wir schwiegen. Hagen sah mich von der Seite an und seufzte. Ich starrte Hein an. Die Bilder, die er uns gezeigt hatte, wirkten verdammt echt. Die Maschinen sahen wirklich seltsam aus, wie aus einem bizarren Spielberg-Film, und Erwin Kleinhammer war ein komischer Vogel mit technischem Geschick und naturwissenschaftlichem Genie. Trotzdem. Es war unmöglich. Oder? Vielleicht doch? Es wäre ja nicht das erste Mal, daß jemand etwas im stillen Kämmerlein entwickelt, ohne es sofort weiterzugeben.

»Na«, sagte Hein herablassend, »soll ech wejtermachen?«

Hagen grunzte. »Du läß disch ja doch nit hindere.«

»Ja, komm schon«, sagte ich ergeben. »Mach weiter. Was gab's da noch an tollen Geräten? Ich bin in Märchenlaune.«

»No, es jab da ejnen – was hat Nelly jesacht? Ejnen Rubbeler. Ejn Jerät, was hat de Frau Klejnhammer abjeschrobbt, eh, nejn, nech jeschrobbt, jetrocknet, met Handtooch, wann se hatte jebadet. Dann ejnen Bettenmacher ond ejnen vollautomateschen Staubsaurer. Ejnen Koch, wo auch hat jekonnt Kartuffeln schälen ond rote Jrötze auf Chenesisch machen. Ejn klejnes wuselejjes Jerät met Fleejenklatsche. Nelly sacht es est ejn Fleejenpatscher ...«

»Ein Fliegenpatscher? Ach du liebe Zeit.«

»Ja. Ond dann ejnen Kröcker ...«

»Ene wat?« Hagen stierte Hein verständnislos an.

»Ejnen Karücker. Hat se sech drauf jestötzt, als wie auf Kröcken, ond der Apparat est met ehr jejangen dorchs Zemmer, auf Kommando. Ejnen Jescherrspöhler. Ond ejnen Büjelrobot. No, ond wie jesacht ejn Säkrätehr. Der hat auch emmer jemacht de Ejnkaufszättel, ond der spielt noch ejne Rolle, später. Ach, ond ejn Frisehr. Aber das Tollste – ehr weßt doch, das Haus, emmer hat es jestonken nach Katzen. Aber em janzen Haus hat es nech jejeben ejne ejnzeje Katze.«

Hagen hob die Hände über den Kopf. »Ja, ävve wat hat denn dann jestunke? *Doch* dä Jung, da Erwin, weejen nit wasche?«

»Nejn, viel schöner. Nelly sacht, Frau Klejnhammer hat emmer jeliebt Katzen. Ond wie se est blend ond lahm jeworden ond hat sech nech mehr kennen kimmern om Katzen, da hat se aber emmer noch wälche riechen jewollt. Ond da hat der Jonge ehr als erstes, sacht Nelly, als erstes von alle die Jeräte, ejnen Katzenstenker jebaut. Ejne Maschehne, wo ejnfach nechts anderes toot als riechen wie Katz.«

Ich faßte mir an den Schädel; er schaukelte. »Au weıa. Na schön, ich sag' nix. Mach weiter.«

»Ja. Ejne Maschehne wo riecht wie Katz. Stenkt, jenauer. Ond was est das denn wohl?«

Hein holte aus einer Schublade weitere Polaroids und legte sie auf den Tresen. Sie zeigten, aus unterschiedlichen Winkeln und Entfernungen, das gleiche Objekt – eine Art Hausaltar mit elektrischen Kerzen. Da, wo bei frommen sowie katholischen Menschen das Marienbildchen oder das Kruzifix angebracht ist, hatte dieser Altar ein Rad.

»Wat es dat dann? Ene Rad-Altar?« sagte Hagen. »Isch wääd verröck. Dä Hillije hät en Rad ab.« Er kicherte.

»Est es aber wohl«, sagte Hein leise. »Ejn Altar. Nelly sacht, se hat dem Erwin schon mal davor knien jesehn, so wie als ob daß er betet.«

Ich hustete mich frei. »Also, mal alles wie Skepsis oder Unmöglichkeit beiseite. Dieser Erwin baut also geheimnisvolle Geräte, die allem, was die Japaner und Amerikaner zu bieten haben, weit überlegen sind und Dinge tun, die bis jetzt kein Gerät kann. Fein. Hier, meine Damen und Herren Stadtrundfahrer, sehen Sie ein Haus, in dem es unbedingt nach Katzen riechen mußte. Alldorten begann die Beueler Mikroelektronische Revolution. Und was erst der Professor für Technische Archäologie sagen wird. Toll, toll, toll. Und der Erfinder, Erwin Kleinhammer, baut sich einen Altar, natürlich mit Elektrokerzen, auf dem er ein Rad anbetet. Symbol für die Technik überhaupt, an sich und als solche, was? Es bleiben aber, abgesehen von den offensichtlichen, noch viele Fragen zu beantworten.« Ich holte mehrmals tief Luft; Hein und Hagen betrachteten mich ohne besonderes Interesse. »Zum Beispiel: Woran ist Frau Kleinhammer gestorben? Warum hat Erwin Kleinhammer so plötzlich angefangen, sich zu waschen? Warum ist er jetzt katalaunisch oder leptosomatisch? Warum, wenn sie überhaupt je funktioniert haben, tun die Maschinen es jetzt nicht mehr?«

Hagen grinste. »Wüßt isch och jern. Un wat dat all mit Vallerie un Rita un die neue Autos zu tun hat. Un vor allem, worömm dä Jung sich plötzlich am wasche fänk. Womit övehaup? Lapp? Schwamm? Seif? Schelee?«

Was nun folgte, läßt sich nicht in wörtlicher Rede wieder-
geben – es dauerte zu lange und war mit allzu irrsinnigen
Ausflügen ins Reich der Fantasie garniert. Außerdem mit
allem Klatsch von Beuel.

Zusammengefaßt sieht es etwa so aus. Nellys zweifelhaf-
ten, aber weder zu verifizierenden noch widerlegbaren An-
gaben zufolge hatte die Mutter, Frau Kleinhammer, schon
lange keine Freude mehr am Leben; sie konnte ja nur noch
mit Hilfe der angeblichen Maschinen existieren. Außerdem
war sie besorgt über die allzu große, ausschließliche An-
hänglichkeit ihres Sohnes. Verschiedentlich hatte sie versucht, ihn auf die Existenz von Mädchen aufmerksam zu
machen. Nelly sagte, vor einiger Zeit, und zwar etwa einen
Monat vor dem Tod der Mutter, habe Erwin Kleinhammer
einmal sehr heftig gesagt: »Gut, also wenn es dich beruhigt
und wenn es unbedingt sein muß, gehe ich ins Eros-Center.«
Er war also doch nicht ganz weltfremd. (Mir kamen späte-
stens an dieser Stelle ernste Zweifel an den Ärzten, die Nelly
Schwachsinn bescheinigt hatten.)

»Ond non kommt äs«, sagte Hein. »Er est wohl an ejnem
Samstach en Bonn jewesen, em Eros-Center, ond an Valerie
jeraten. Sejt vier Wochen vor dem Tod der Motter, so hejßt
es em Menestereom, hat er sejne Arbejt nor noch schlächt
jemacht. So, als ob er pletzlech nechts mehr von Technek
ond Wessenschaft versteht. Ond das hejßt wahrschejnlech,
sejt er em Poff war, hat er sech om nechts mehr jekömmert.
Oder nechts mehr verstanden.«

Hagen zog die Stirn kraus. »Alter Kadett«, murmelte er.
»Wie kann dat dann?«

Ich muß ziemlich bescheuert dreingeblickt haben, denn
Hein lachte. »Das hast du dir doch ausgedacht, Hein, oder?«

»Nejn. Ech schwöre. Hab ech nech.«

»Ja, ävve wat soll dat?«

»Das ist 'ne alte Sache, Hagen. Du weißt doch, daß
katholische Priester nicht heiraten dürfen. Also, das gibt's

auch schon viel früher. Zum Beispiel bei alten Naturvölkern. Der Magier, der Schamane, der Hexer des Stamms hat göttliche Gaben, und die verliert er, wenn er nicht mehr seinem Gott allein gehört. Gilt auch für Frauen, übrigens. In vielen Kulten mußten die Priesterinnen jungfräulich bleiben. In anderen nicht.«

Hagen nickte, eher abwehrend. »Ach, dat han isch nit jewooß. Stimp dat?«

»Alles Quatsch. Hein will uns einreden, der Erwin hätte sich 'nen Altar gebaut und darauf den Gott der Maschinen oder der Technik oder so ähnlich angebetet. Er war also 'ne Art Hoher Priester – der Chipskardinal, so was. Dafür, daß Erwin auf die Freuden des Fleisches verzichtet, offenbart ihm der Technikgott Geheimnisse. Und in dem Moment, wo Erwin in Bonn im Puff war, zieht der Maschinengott sich von ihm zurück, und schlagartig hat Erwin keine Ahnung mehr von Technik. Außer vielleicht von gewissen anderen Techniken.«

Hagen nickte wieder. »Ujujuj. Ävve – worömm hat er dann mit dem Wasche aanjefange?«

Hein fletschte die Zähne. »Do emmer met dejnem Jewasche!«

»Ist doch klar – das hat ihm Spaß gemacht, im Puff, und jetzt wäscht er sich, weil ihm die Mädels gesagt haben: Junge, so nich. Du stinkst.«

Hein klopfte mit der flachen Hand auf den Rand des Spülbeckens. »Ja, jenau«, sagte er mit Nachdruck. »So est es jewesen.«

»Bisse sische? Mit dat Waschen un alles?«

»Jeweßlech doch. De Jeschechte jeht ja noch wejter. Nelly sacht, drej, vier Wochen haben lanksam de Maschehnen anjefangen, nech mehr zo fonkzionieren. Ende letzte Woche waren's man nor noch drej oder femf. Dabei war der Säkrätehr, der wo auf Dektat schrejpt. No, ond am Frejtach hat de Frau Klejnhammer, so jot es jeng, ejnen decken Scheck geschrieben ond de Nelly damet nach der Bank jescheckt. Vier Stöck Tausender hat se holen jesollt. Hat se auch jetan. Wie se no zoröckkommt, sacht se, hat Frau Klejnhammer jrad den lätzten von vier Briefe dektiert. Ond dann hat se zo Nelly jesacht, se soll en jedem Omschlaach ejnen von den Schejnchen schieben ond dann die Briefe bej de Emfenger brengen.«

Er machte seine nächste Theaterpause. Er hätte sie an dieser Stelle auch dann gemacht, wenn nicht neue scheußliche Atzung per Fahrstuhl aus der sogenannten Küche gekommen wäre. Leise summend watschelte er mit dem Tablett davon.

Hagen blickte zur Tür. »Da fährt ene Jaruah eröm«, sagte er halblaut. »Wie wenn er nen Parkplatz am suchen is.«

»Hör doch mal mit deinen Scheißautos auf«, sagte ich. »Was hältst du von der Geschichte?«

Hagen zuckte mit den Achseln. »Waat ens«, murmelte er. Als Hein mit leeren Gläsern und Tellern zurückkam, deutete Hagen mit seinem versiegenden Kölschglas auf ihn.

»Also Briefschen. Un dann? Is de Erwin nit dajewese?«

Hein rammte die Schmuddelteller in den Speiselift und ließ die Gläser ins Spülbecken fallen. »Nej«, sagte er. Er zog seine Nase hoch und stellte vier Pils- und zwei Kölschgläser zum Zapfen hin. »Nej, der war noch em Menestereom, wo se nech mehr met ehm send zofrieden jewesen.«

Mir ging ein grelles Licht auf. »Hein, das ist der dickste Köter und Haken an der Geschichte. Ich bin bereit, dir die ganzen Maschinen zu glauben, notfalls sogar den Technikgott und Erwins Magieverlust nach Defloration ...«

»Wonach?« sagte Hagen. »Ach esu. Du Firkel.«

»Aber daß in einem Bonner Ministerium innerhalb von drei oder vier Wochen auffällt, wenn jemand Mist baut – das ist mir dann doch zu unwahrscheinlich.«

Hein bückte sich und holte ächzend eine Flasche mit Maracuja-Saft aus dem Kühlfach. Er hatte den ganzen

Abend noch nichts getrunken; und nun dieses klebrige Zeug.

»Wart's ab«, sagte er, gurgelnd. »Jeht noch wejter. Natierlech hat de Krepo das öberjeprööft. Ond se hat de Emfenger jefraacht, was met de Briefe est. Ond weßt ehr, wer de Emfenger send jewesen?«

Hagen lauschte immer noch seinem imaginären Jaguar bei der vermeintlichen Parkplatzsuche. »Enä«, hauchte er.

»Nun sag schon!«

Hein lächelte satt. »Fallerie, Rita, Elfi ond Josefehnchen.«

Hagen zuckte zusammen. »Wat? Die vier Profis? Un alle auf einmal?«

»Jenau ja. Frau Klejnhammer hat se jebeten, se sollen sech dem Jongchen schnappen ond daran denken, daß se alle mal von ehr, als wie se noch hat laufen jekonnt, ond als de Mädels send klejn jewesen, also da sollen se dran denken, daß se damals alle mal von ehr send jeföttert ond verhauen jeworden. Ond se wörden noch viel mehr Jeld kriejen. Jedenfalls sollten se sech erstmal fier den jewejlejen Tausender das Jongchen schnappen ond das janze Wochenende nech nach Hause lassen, sondern ehm beackern. Oder beharken.«

Ich sang halblaut: »>Er säet und ackert, er ackert und sät, und regt seine Hände von morgens bis spät.< So etwa?«

»Janz jenau so. Ond de Mädels ham das jetan.«

Hagen schob sein leeres Glas von sich. »Da hat er sisch winnistens nit omsunz jewasche.«

»Und? Was ist dann passiert?«

Hein strahlte. »Dann hat sech de alte Frau Klejnhammer, wie se wejß, daß ehr Sohn das janze Wochenend nech werd hejmkommen, da hat se sech von dem Robotkoch, so hejßt das doch wohl, hat se sech ejnen fejnen Tee brauen jelassen, mejnt de Krepo. Ond se hat ehm jesacht, er soll von weejens das Aroma ejn Röhrchen met Schlaftabuletten henejnjeben. Ond dann hat se dem Tee nech janz, aber fast janz ausjetronken.« Hein wog ein Pilsglas in der Hand, hielt es dann unter den Hahn und drehte auf. Es spuckte. Hein würde in den Keller gehen und ein neues Faß anstechen müssen. Immer diese rhetorischen Tricks.

Aber er überraschte mich: Er redete weiter. »Ond wie se dem Tee hat ausjetronken, da est se jestorben. Aber vorher, da hat se noch ejn Testament dektiert. Dem Säkrätehr nämlech. Ond da hat se den Mädels was ausjesetzt. Janz schön viel.«

Ich wollte den Mund öffnen und mich erkundigen, aber in diesem Moment öffnete sich die Tür. Hagen murmelte: »Jaruah is jepark«, und es trat ein Valerie. Die Rote Valerie. Ihr langes Haar glomm über etwas, das aussah wie ein echter, gesäßlanger Zobel. Valerie nickte uns lächelnd zu, wie man eben flüchtigen Bekannten zulächelt, blickte sich suchend um und steuerte auf einen Tisch zu, an dem der Gigolo mit seinen Al-Capone-Schuhen saß, *Montecristo* rauchte und Heins echten Moët&Chandon Brut Impérial trank.

Diesmal rutschte ich vom Hocker und ging zur Tür. Gegenüber, halb um eine Laterne gewickelt, stand ein Jaguar. Als ich zurückkam, sagte Hagen, überflüssig: »Mit dem isse jekomme.«

Hein flitschte wieder mit seinem Hosenträger. »Ha. Hab echs nech jesacht? Das est ehr nejer Waaren.«

Ich versuchte mir einzureden, daß ich bestimmt gleich aufwachen würde; ich hielt mich am Weinglas fest und starrte in den Muscadet, aber der gab keine Auskunft. Hein watschelte grinsend ins Lokal, um die Kundin nach Wohl, Ergehen und Wünschen zu fragen.

»Sso«, sagte er, als er wieder hinterm Tresen stand und für Valerie einen dreifachen Chivas ohne Eis eingoß. »Sso. Ond se hat sech sälpständech jemacht. Wie de anderen drej auch. Fier Notfälle bej mejne Jäste hab ech alle vier Kartchen met Nommern. Zom anroofen.«

Ich wußte immer noch nicht, was ich sagen sollte. Ich starrte auf die Polaroids mit den seltsamen Apparaten, die vielleicht ein Genie gebaut hatte. Aber das Genie, wenn es denn stimmte, war nun katatonisch, und niemand würde je erfahren, wie die Geräte funktioniert hatten. Und mit wem Erwin einen Pakt geschlossen haben mochte, zu dessen Einhaltung das Gebet vor dem elektrisch bekerzten Radaltar ebenso gehörte wie Unberührtheit des Leibes.

Neben mir räusperte sich Hagen. Er hatte sein Schluß-wort-Gesicht aufgesetzt.

»Harrumph. Wißter, dat is all schön un jut. Ävve, ävve, ävve – es dat nit ene forschbar komplezeete Selpsmord? Un isch weiß noch imme nit, womit sisch dä Jung jewasche hätt.«

Editorische Notiz

»Das Triumvirat« und »Das Triumvirat denkt« beruhen auf Kriminalhörspielen, die ursprünglich für den Westdeutschen Rundfunk geschrieben wurden; »Matzbach fährt nach Schweden« und »Mamis Liebling« erschienen hier erstmals.

GEORGE V. HIGGINS

Die Freunde von Eddie Coyle
5083

Der Anwalt
5087

Ausgespielt
5115

GOLDMANN

JAMES M. CAIN

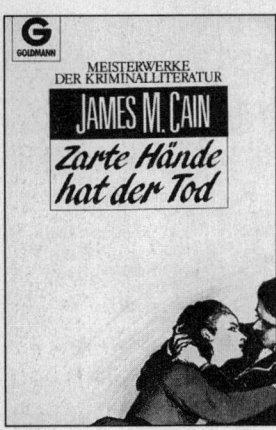

Zarte Hände hat der Tod
6243

Doppelte Abfindung
5084

Die Frau des Magiers
5092

Das Mädchen, das vom
Himmel fiel   5104

GOLDMANN

Ngaio Marsh

Ngaio Marsh
Hinter den toten Wassern
5033

Ngaio Marsh
Stumme Zeugen
5028

Ngaio Marsh
Der Hyazinthen-Mörder
5036

Ngaio Marsh
Mord in der Klinik
5040

GOLDMANN

Goldmann
Taschenbücher

Allgemeine Reihe
Unterhaltung und Literatur
Blitz · Jubelbände · Cartoon
Bücher zu Film und Fernsehen
Großschriftreihe
Ausgewählte Texte
Meisterwerke der Weltliteratur
Klassiker mit Erläuterungen
Werkausgaben
Goldmann Classics (in englischer Sprache)
Rote Krimi
Meisterwerke der Kriminalliteratur
Fantasy · Science Fiction
Ratgeber
Psychologie · Gesundheit · Ernährung · Astrologie
Farbige Ratgeber
Sachbuch
Politik und Gesellschaft
Esoterik · Kulturkritik · New Age

Goldmann Verlag · Neumarkter Str. 18 · 8000 München 80

Bitte
senden Sie
mir das neue
Gesamtverzeichnis.

Name: _____

Straße: _____

PLZ/Ort: _____